Sylvie
Schenk

Schnell, dein Leben

Roman | Hanser

5. Auflage 2017

ISBN 978-3-446-25331-5

Satz im Verlag
Druck und Bindung: CPI books GmbH, Leck | Printed in Germany

MIX
Papier aus verantwortungsvollen Quellen
FSC® C083411

Für Hajo

Mädchen

Als kleines Mädchen der fünfziger Jahre weißt du von deiner Minderwertigkeit und möchtest lieber ein Junge sein. Der Wunsch bewirkt, dass du nie zum knallharten Feminismus konvertieren wirst. Männer sind die wichtigsten Akteure der Menschheit. Könnte man sich de Gaulle als Frau vorstellen? Der Grand Pic de la Meije, 3983 m, einer der höchsten Berge deiner Alpen, ist natürlich von mutigen Männern erobert worden, von *Emmanuel Boileau de Castelnau* und *Pierre Gaspard*. Außerdem sind Jungen von ihren Vätern heiß geliebt, sie können halbnackt in der Sonne herumturnen, tragen keine lächerlichen Accessoires wie Handtaschen, schmieren sich die Lippen nicht, pudern sich die Wangen nicht, ziehen den Bauch nicht ein und tragen kein Korsett wie deine Mutter, ein grausames Ding mit Stäben, die an ihrem Bauch längliche Spuren hinterlassen. Eine Bauchmaske. Daran hängen Metallklammern, an denen man Nylonstrümpfe befestigen kann. Wie heißt diese Maske?, fragst du deine große Schwester. Sex-Appeal, antwortet sie.

Und Jungs werden nicht schwanger.

Ja, du bist ein liebes, verblendetes Mädchen. Du wirst viel später erfahren, dass deine Mutter erst vor zehn Jahren das Wahlrecht erhalten hat, am Ende des Zweiten Weltkriegs.

Sie wird sowieso ihr Leben lang wie dein Vater wählen und sagt selbst, mit einem verlegenen Lächeln, dass sie keine Ahnung habe. Sie ist eine Frau, die strickt. Mit den Stricknadeln sitzt sie in einem schmalen Erker, von dem aus man auf den zentralen Platz der Stadt hinausschauen kann. Als Zeichnerin würdest du deine kleine Mutter sitzend und strickend auf einem Schemel darstellen, die gestrickten Schals, die sich aus den Stricknadeln abrollen, würden nach und nach alle Meere und Kontinente verschleiern.

Jeden Morgen klopft die kleine Mutter an die Tür der Praxis und bittet deinen Zahnarztvater um das tägliche Einkaufsgeld. Er fragt, ob sie die Scheine vom Vortag schon ganz ausgegeben habe. Manchmal lässt sie anschreiben.

Einmal findest du einen Geldschein auf der Straße. Du steckst ihn heimlich in das Portemonnaie der Mutter.

Die Verwerfungslinie

Natürlich ist es beneidenswert, ein Junge zu sein, gleichzeitig schleicht sich in dich eine gewisse Verachtung für die männliche Welt ein. Oft sind die Frauen unglücklich, weil die Männer sie betrügen, sie verlassen, sie schlagen, sie beschimpfen. Sie müssen die Männer um Geld bitten, weil Väter, geizig und autoritär, sich als Familienoberhaupt für etwas Besonderes halten. Unter anderem weckt die machohafte Mentalität der Bergsteiger deinen Widerwillen, ihre groben Thekenscherze über Frauen, ihre Art zu essen (viel Fleisch mit Soße). Dein Vater schlürft seine Suppe, während deine Mutter distinguiert speist. Frauen geben seltener an. Was sie leisten, ist für sie selbstverständlich. Männer gehen in Kneipen, betrinken sich und furzen ungeniert.

In der frühen Kindheit ankert auch dein Grundwissen um die klare Verwerfungslinie der Menschheit: rechts die Reichen, links die Armen. Diese soziale Erfahrung verdankst du deinen Eltern. Sie haben ein Dienstmädchen und beuten es zeitgemäß aus. Das Dienstmädchen kommt aus einem Bergdorf. Es führt euch Kinder zu seinem Geburtshaus und zeigt euch die Schlucht, in die die Menschen springen, wenn sie ihr Unglück nicht mehr ertragen können. Das Unglück heißt Armut, Hunger, Schmutz, Gewalt,

Kälte, vor allem Kälte. Es kann auch die Fratze eines gewaltsamen und trinksüchtigen Ehemanns annehmen, eines inzestuösen Vaters, einer Rabenmutter, das erfährst du viel später. Was du jetzt schon siehst und an der Kälte spürst, die deine Beine emporkriecht, ist die Tiefe und die Dunkelheit der Schlucht, die sich die Verzweifelten schnappt. Du hörst und riechst den verdauenden Fluss. Hier lernst du die Furcht kennen.

Weiter oben im Berg erhebt sich hinter einem Felsen der Glockenturm der Kirche, in der Selbstmördersärge nie gesegnet werden, es sei denn, die Familie tischt dem Pfarrer ihre Lügengeschichten auf, der Verstorbene, die arme Tote sei leider ausgerutscht, als er oder sie aus der Schieferwand ein Fossil herausklopfen oder Wermutpflanzen für die Herstellung eines Likörs pflücken wollte. In diesem Dorf gibt es viel Likör, aber kaum etwas zu essen. Das Dienstmädchen ist zufrieden bei euch, auch wenn es seine drei Mahlzeiten allein in der Küche essen muss und mit einer Glocke gerufen wird, weil es nun mal das Dienstmädchen ist. Das Wort sagt es: Dienstmädchen sind Mädchen, nie Jungen. Als du einmal fragst, wie es sich anfühle, mit einer Glocke gerufen zu werden, sagt das Mädchen, nur Kühe und Kirchen lassen die Glocken läuten.

Die Moral

Deine moralischen Prinzipien inhalierst du in der katholischen Schule. Das Gute und das Böse. Barmherzigkeit ist eine Tugend. Herr, erbarme dich unser. Die Nonnen schlagen lieber zu. Spüren, ahnen, erkennen. Worte aus den Lehrerinnenlippen entschwinden insektenhaft, die Kälte ihrer Blicke brennt lange danach. Empfindungen und Phantasiegebilde werden dein Leben lang die Oberhand behalten. Die autoritäre Welt der Erwachsenen und die drohenden, schwarzen Gestalten der Schule machen dich mundtot, als du gerade sprechen lernst. Ab wann weiß man, dass man etwas weiß, das auch aussprechbar ist? Es ist gut, dass du gleichzeitig schreiben lernst.

Die Natur

Hinter dem Dorf des Dienstmädchens schlängelt sich ein Pfad zu den Gipfeln hinauf, du gehst durch einen Lärchenwald und über Wiesen, zwischen Schafen, Ziegen und Kühen hindurch, und falls die Tiere die Hänge noch nicht abgegrast haben, schiebt sich dir ein Kaleidoskop vor die Augen. Vergissmeinnicht, Enzian, Azaleen, Astern, Lilien, Arnika und Edelweiß. Du pflückst Sträuße im Jubelrausch. Du bist der grauen Schlichtheit entflohen, der Starrheit des Bergdorfs. Umgeben von Schafmist steigst du dem Himmel zu, selten verschleiert eine kleine Wolke die Sonne für einige Minuten, um die Hitze des Aufstiegs zu mildern, dir gehört eine ungetrübte Weitsicht über deine Stadt und das Tal der Durance, dich überkommt ein Glücksgefühl, das sich mit den Jahren im Berg nie erschöpft. In nur wenigen Stunden erfährst du die Welt in ihren drei Stufen: weit unten die grollende Hölle, dann die wohnhafte Ebene, wo Kirche und Häuser hingepflanzt wurden, und oben die grüne Alm und der Gipfel, eine Dreiheit, eine Struktur der Alpenwelt, die deinen Geist für immer formt. Die Schönheit der Berge prägt sich dir ein. Dir wird die Opulenz eines Herbstes eingezeichnet, die Wolken spiegelnden Seen, die gut riechenden Pfade am Hang, das duftende Harz der

Tannen, und du denkst, dass das Böse und die Dummheit nur zum Menschen gehören.
Du bist fasziniert, möchtest alles sehen, berühren oder riechen, den Teer, der noch auf der Straße dampft, das Raue oder die Glätte der Baumstämme, ob Birke oder Tanne, Eiche oder Platane, jeder Baum hat seine eigene harte, sanfte, befleckte Haut, du möchtest den Schnee schmecken, der morgens neu erstrahlt und in deiner Hand so schnell schmilzt.
Du wirst ein Mensch, der nur dann und wann an die unergründlichen Möglichkeiten einer Schlucht denkt. Jetzt, noch im Alter, empfindest du die heiße Fläche eines Schiefers an deiner Wange als tröstlich, heute noch ergötzt du dich an dem saftigen Grün einer Wiese, am Schillern des Granits, am Flaum eines jungen Blattes, am allmählichen Auftauchen der Gipfel im Nebel, vor allem das Licht hat es dir angetan: das Herbstlicht, das die Welt aus dem Grauen erhebt, das glühende Mittagslicht des Sommers, das der Welt klare, unwiderrufliche Konturen schenkt, das gleißende Licht im gefrorenen Wasserfall und das Leuchten des Schnees in der Dämmerung. Die aufgehende und die untergehende Sonne, die deine reale, fußsichere Welt schminkt.

Die Großfamilie

Du hast nur Schwestern, was deinem Vater den Spott seiner Lyoner Familie einbringt. Eines Tages aber erblickt ein Junge das Licht der Welt, der die Ehre des Familienoberhaupts rettet, eine Geburt, die dein Vater, nachdem das Postfräulein ihn mit der Nummer seiner Mutter in Lyon verbunden hat, stolz durchs schwarze Bakelittelefon verkündet. Die Lyoner Familie ist katholisch, bürgerlich, vermögend, sie betrachtet euch, die Hinterwäldler aus den Bergen, mit einer gewissen Verachtung. Eine kinderlose Tante verspottet deine Mutter als stets trächtiges Kaninchenweibchen.

Eine andere Tante und deine Großmutter besuchen euch in eurem Ferienhäuschen, sie geraten in Streit mit deinen Eltern und mit der anderen Großmutter, die den ganzen Sommer bei euch verbringt, die sanfte Mutter deiner Mutter. Der Streitgrund bleibt dir verborgen, nur dass es laut, gewaltsam zugeht, siehst du. Du möchtest die Eskalation stoppen, du möchtest etwas Liebes und Beruhigendes sagen, aber du findest die rettenden Worte nicht, und die Großen schreien, brüllen und trennen sich, die böse Großmutter und die böse Tante verzichten auf den Nachtisch und fahren nach Lyon zurück. Deine kleine Mutter und die sanfte Großmutter weinen unter der Esche.

Auch dein Vater und deine Mutter streiten oft und nicht nur in diesem Sommer. Deine Mutter droht, sie werde ihren Hut aufsetzen und für immer verschwinden. Schon öffnet sie die Wohnungstür. Ihr hängt euch an ihren Mantel und fleht sie an, bei euch zu bleiben. Der Lüster aus buntem Glas dreht sich im Zug der offenen Tür, er wirft blaue, rote und gelbe Farbe auf das Gesicht der Mutter, das sich schüttelt und abwendet, ihr Mantel riecht nach Schafwolle, ihr Kinder weint, der kleine Bruder versteckt sich heulend unter dem Mantel, ihr, die Mädchen, seid die Zeltheringe, ihr haltet euer Haus fest und der Sturm geht vorbei. Sie bleibt. Was war der Auslöser dieses Streits? Das Geld? Eine andere Frau? Die Mutter deines Vaters? Mit vierzehn erkennst du, dass deine Mutter ein Adoptivkind ist. Dieses Geheimnis wird dir von einem tiefen Bergsee offenbart. Am Ufer bebt das Schilf, eine blau schillernde Augenhöhle. Dort steht die Frage ganz deutlich am Grund. Warum hat deine Mutter blondes Haar, weiße Haut, himmelblaue Augen? Ihre Eltern haben schwarzes Haar, braune Haut und schwarze Augen.

Du hast keine Ahnung von Genetik und weißt nicht, dass die Natur in der Tat solche Wunder gestatten kann. Damals stellst du dir viele Fragen. Woher kommt deine Mutter? Aus welchem nordischen Land? Aus der Bretagne? Aus England? Deutschland? Ist sie deshalb für die Familie des Vaters ein Objekt der Verachtung? Du wirst der Mutter von deiner Entdeckung nichts verraten, nur öfter bei ihr sitzen, sie darum bitten, dich die englischen Vokabeln abzuhören. Erst ein Jahr später, als die sanfte Großmutter stirbt, stöberst du heimlich in einer Schublade und entdeckst tatsächlich eine Adoptionsurkunde.

Das Lesen

Als Grundschulkind liest du die Comtesse de Ségur, Geschichten für Mädchen, in denen das Gute und das Schlechte stark überzeichnet sind, Gefahren und Grausamkeiten lauern, sadistische Erwachsene die Kinder auspeitschen. Es ist eine sadomasochistische Welt, die dir Lust und Grauen vermittelt und den Alltag deiner katholischen Schule in etwa widerspiegelt, ein wenig folkloristisch und amüsant. Die Ereignisse und Personen stammen aus einer weit entfernten Welt, sie sind in einer anderen Zeit angesiedelt, wohl aber mit deiner Wirklichkeit verbunden. Alles kannst du nachempfinden, es ist nicht real und doch nah an dem, was du erlebst und nicht verstehst. Die gelesenen Geschichten schweben stets über dir.

Später, du bist elf oder zwölf, entdeckst du die Edition *Signe de Piste*, Jugendromane aus der Pfadfinderwelt. Du liegst für einige Monate mit einer langwierigen Krankheit im Bett, beschäftigst dich mit Zeichnen und mit Lesen. Liegen ist bei weitem die beste Körperlage zum Lesen, so wirst du es dein Leben lang beibehalten. Lesen und liegen gehören zusammen. Tagsüber mit einem Buch in den Händen herumzuliegen, während deine Geschwister sich in der Schule langweilen, ist der reinste Genuss, eine tägliche Kortisonspritze in den Po ist dafür ein nur gerechter Preis.

Das dominante Thema dieser Geschichten ist der Kampf zwischen Gut und Böse, Freundschaft und Feindschaft. *Les forts et les purs*, die Starken und die Reinen. Es geht nicht um das gesellschaftliche Theater der kleinen Sünde, man wird in kühne Abenteuer, in brenzlige Situationen geworfen. Auch hier wird die Moral großgeschrieben, böse Buben verwandeln sich in Edelmänner, man eignet sich über hundertachtzig Seiten pfadfinderische Tugenden an, man handelt mutig und brüderlich, man steht seinen Mann. In diesen Werken, die dein Fieber erhöhen, kommen Mädchen nicht vor. Es sind nur die Jungen, die den Frieden retten, die Ungerechtigkeiten dieser Welt bekämpfen, nach Wahrheiten suchen.

Ein besonderes Buch von Jean-Louis Foncine heißt *Le glaive de Cologne*, Das Schwert von Köln. Es geht um Versöhnung zwischen Frankreich und Deutschland. Im Rahmen eines grandiosen Spiels überwinden zwei heranwachsende Pfadfinder die Hürden des Hasses und des Grolls. Alle Buchstaben in diesem Roman setzen sich zu einem einzigen fruchtbaren Begriff zusammen: la réconciliation, die Versöhnung.

Die Umschlagzeichnungen zeigen immer gut gebaute Jungs in kurzen Hosen und mit hellem, wuscheligem Haar. Deutschland ist das Land der großen Abenteuer im Wald und der schönen blonden Jungen.

Die prägendsten Geschichten deiner Jugend aber sind zwei Schullektüren der Unterstufe: *La chèvre de Monsieur*

Seguin von Alphonse Daudet und *Mateo Falcone* von Prosper Mérimée. Beide grausam. Du wünschst dir so sehr, die kleine Ziege zu retten, die nicht auf den Bauern hören will und die ihre schwer errungene Freiheit in den Bergen mit dem Leben bezahlen muss. Sie kämpfte bis zum Morgengrauen, heißt es, und dann fraß sie der Wolf auf. Und auch die Hinrichtung des Knaben Fortunato, der vom eigenen Vater wegen Verrats erschossen wird, lässt dich nicht mehr los. Nachts kniest du vor Mateo Falcone und flehst ihn an, sich des Sohnes zu erbarmen. Aber der Vater hört nicht auf dich, er greift zu dem Gewehr und richtet es auf den Jungen.

Fehler führen zur Verdammnis. Es ist nichts daran zu rütteln, es gibt keine Rettung für ungehorsame kleine Ziegen und korrupte Jungen. Gott und Väter sind erbarmungslos. Die Unerbittlichkeit des Urteils ist unerträglich und kann zwar vom Schlaf verdrängt, aber nie vergessen werden.

Die Deutschen

Du erfährst nach und nach, dass es in diesem Jahrhundert zwei Kriege mit den Deutschen gab, Weltkriege. Deine Großeltern haben beide erlebt, deine Eltern nur den Zweiten. Die Deutschen waren die Bösen, aber man spricht kaum darüber, mit euch schon gar nicht. Vor Kindern spricht man grundsätzlich nicht von Sex und von Krieg. Frankreich ist vor fünfzehn Jahren befreit worden, für dich eine kaum vorstellbar lange Zeit, die sich in einen fortlaufenden Zeitfluss einordnen lässt, an dessen Ufer in regelmäßigem Abstand Schilder prangen wie der Gallische Krieg, Jeanne d'Arc oder die Revolution von 1789.

De Gaulle fährt triumphierend durch deine kleine Stadt, beide Arme zum V von victoire hebend, du schwenkst wie alle Kinder und Jugendlichen kleine blau-weiß-rote Fähnchen, denn die Fenster eurer Wohnung öffnen sich auf die Straße, die der Konvoi des Präsidenten durchfährt. Dein Vater fotografiert ihn. Die Fotoapparate sind damals nicht so leicht einzustellen, die Hände deines Vaters beben vor Aufregung. Als er ein Bild geschossen hat, löst sich auch seine Zunge. Der große, siegreiche Präsident, der gerade vorbeifährt, belebt die eigenen Heldentaten wieder, und dein Vater erzählt vom eigenen Abenteuer. Er sei, sagt er, einmal von deutschen Soldaten festgenommen worden, als er mit dem Fahrrad zu einem Patienten gefahren sei, er habe glücklicherweise entwischen können, indem er von einer Brücke in den Fluss gesprungen sei und sich schwimmend gerettet habe. Die Festnahmen seien eine Reaktion auf ein Attentat der Widerstandskämpfer gewesen, die eine andere Brücke gesprengt hatten.

Viele Jahre später, kurz vor seinem Tod, vertraut dir dein Vater an, dass er sich oft gefragt habe, wer an seiner Stelle verhaftet, wer für ihn und seinetwegen erschossen worden sei. Vielleicht, tröstest du ihn, vielleicht haben sie keinen mehr festgenommen, vielleicht haben sie keinen erschossen, und dein Vater lässt sich trösten, obwohl er es besser weiß. Er weiß, dass zwölf Männer festgenommen und umgebracht wurden, er erzählt es dir.

Nach dem Krieg lacht man sich tot. Im Kino laufen pointenreiche Burlesken mit Fernandel, Bourvil und Louis de Funès. Die Deutschen tragen graue Uniformen, brüllen Befehle und sind immer die Idioten. Erst in der Abiturklasse siehst du *Nacht und Nebel* von Alain Resnais, ein Dokument über den Holocaust. Die Bilder sind surrealistisch, angsteinflößend, sie sperren dich ein. Als ihr das Schulgebäude verlasst, atmet ihr leise, niemand traut sich, ein Wort zu sprechen. Ein Jahr später, als Studentin, hörst du zum ersten Mal von den Greueltaten von Tulle, Oradour-sur-Glane und Maillé.

Die Welt

Noch habt ihr keinen Fernseher, und allein dein Vater hört Radio und liest die Zeitung. Die Dramen der Gegenwart dringen in dich ein, als 1956, nach der blutigen Unterdrückung des Aufstandes gegen die russischen Besatzer, eine Massenflucht aus Ungarn stattfindet. 200 000 Menschen fliehen nach Österreich und werden dann auf weitere europäische Länder verteilt. Flüchtlinge kampieren eine Zeit lang in der Kaserne deiner kleinen Stadt. Ihr beobachtet die Kinder, die am Gitter der Kaserne stehen und euch beobachten, die Schüler aus dem Schlaraffenland mit den vollen Schulranzen. Du leihst dein Fahrrad einem Mädchen, das zwei Runden dreht und es dir dann zurückgibt. Du wolltest dich erbarmen und doch hattest du ein bisschen Angst um dein Fahrrad.

Das zweite historische Ereignis ist der Algerienkrieg. Algerische Arbeiter kommen manchmal in die Zahnarztpraxis deines Vaters. Du liest mit deinen Freundinnen das verbotene Buch von Henri Alleg, *La Question*, Die Folter, das ihr euch unter dem Mantel weiterreicht. Deine Schulfreundinnen und du diskutiert laut auf dem Bürgersteig über die Scheißfranzosen, die in ein fremdes Land eingedrungen seien, sich das Beste daraus genommen hätten und jetzt die algerischen Widerstandskämpfer zu Tode folterten. Eine Frau, wahrscheinlich ein pied noir, ein Schwarzfuß, so nennt man damals die Franzosen aus Algerien, die fliehen mussten, hört grimmig zu und beschimpft euch als kleine dumme Gänse. Ihr traut euch nicht zu widersprechen.

Deine Kindheit ist eine kaum verblasste Musik. Man kann die Noten hintereinander staccato anklopfen oder jeder die Zeit lassen, sich zu einer gebundenen Melodie auszudehnen. Es gibt das Lied der Schwester, den Tanz des kleinen Bruders, den Cantus der Kommunion, den Gesang der ersten Liebe, eine Liebe zu einer lesbischen Lehrerin (du weißt damals weder, dass sie lesbisch ist, noch, was lesbisch heißt), die Arien der Aufstiege in die Berge, den finsteren Choral der Zerwürfnisse und Verluste.

Die Zeit bleibt sehr lange eine unreflektierte Dimension, Tag für Tag trittst du aus dem Schlaf in neue Erlebnisse, die sanfte Großmutter ist gestorben. Du siehst sie tot auf ihrem Bett liegen, deine Lippen behauchen flüchtig die kalte Stirn, dann rennst du ins Bad, wäschst dir den Mund, erschrocken, als hätte der Tod selbst dich geküsst. In deine Trauer mischt sich auch ein Gefühl des Stolzes. Wer eine Tote küsst, ist kein Kind mehr.

Eine Bombe, von neidischen Ladenbesitzern gelegt, explodiert nachts im Prisunic, dem ersten Kaufhaus deiner kleinen Alpenstadt, alle rennen zum Fenster, du weißt nicht, wohin du schauen sollst, zu der Feuerwehr, die mit Wasserwerfern anrückt, oder zu dem Ding, das aus dem Pyjama deines Vaters hängt. Du schreibst Lieder über

Lehrer, findest, glaubst du, geistreiche Reime, und wirst bestraft, du ersteigst mit deinem Bruder auf deinem Rücken einen hohen Gipfel, du schiebst dein Fahrrad auf steilen Wegen, du hast nasse Socken in feuchten ledernen Winterschuhen, deine Skier knirschen auf den Pisten, du hörst das Singen des Dienstmädchens in der Küche, und schließlich kommt das Abitur, die Namen der Schüler, die bestanden haben, werden an einer großen Tafel im Lokal der Tageszeitung *Le Dauphiné Libéré* angebracht. Deiner ist dabei, und du wirst deine kleine Stadt und deine Berge verlassen müssen. Deine Schwester, deinen kleinen Bruder lässt du zurück.

Das andere Leben

Deine Mutter hat dir Stiefelchen mit dezenten Absätzen gekauft, deine geschiedene Tante kürzt dir einen ausrangierten hässlichen Plisseerock. Du setzt dich ins Auditorium und spielst Studentin: Latein, Griechisch, Linguistik, Literatur. Auf dem Weg zur Uni überquerst du die Rhône. Dein Blick folgt den grünen Wellen, treibt, bis er müde wird, sinkt und ertrinkt. Auf dem Weg nach Hause guckst du wieder in den Fluss, da bist du wieder, da ist er wieder, das neue Wissen sieht man dir nicht an, das neue Wasser sieht man ihm nicht an. Und alles grau und grau.

Du sehnst dich nach deinem Nest, nach den Wiesen, nach der Sonne, nach deinen Geschwistern, nach der lesbischen Lehrerin. Du wohnst in Lyon bei deiner bösen Großmutter. Die böse Großmutter beaufsichtigt dich streng, du musst nach den Vorlesungen sofort nach Hause, sie öffnet deine Post. Sie entscheidet, dass sie etwas für die Bildung des Wildfangs aus den Bergen unternehmen müsse, also führt sie dich in die Oper ein. Als die Sopranistin zehnmal *Ich sterbe* singt, bevor sie sich in die Leere stürzt (man sieht deutlich, dass sie höchstens eine Stufe gesprungen ist, bevor sie von einer schwarzen Kulisse geschluckt wird), bist du gar nicht gerührt und deine Großmutter ist enttäuscht,

dir fehle es an Sensibilität, du seist unverbesserlich, ungehobelt, ein Bauerntrampel eben.
Du entdeckst die Einsamkeit. Suzanne, deine beste Schulfreundin, studiert in einer anderen Stadt. Sie hat dir im Sommer von ihrem ersten Geliebten, einem italienischen Maurer, erzählt, der ihr nach ihrer Entjungferung zwei Brieföffner geschenkt hat. Sie hat dir einen davon gegeben, um dich auch zu diesem Schritt zu ermutigen. Aber du lernst niemanden kennen. Paul Claudel langweilt dich und Cicero noch mehr. Bei deiner ersten Prüfung fällst du durch. Nach langen Monaten der Einsamkeit und erst im dritten Semester darfst du in einem Studentenwohnheim wohnen.
In einer Vorlesung lernst du ein Mädchen kennen, Francine, ein Mädchen aus Marseille. Marseiller haben Zikaden auf der Zunge, sagen die Lyoner. Sie singt die stummen e, trägt sehr kurze Röcke, spielt in einer studentischen Theatergruppe. Ihre gute Laune steckt dich an. Sie schlägt dir vor, sie abends in ein Studentenlokal zu begleiten, Les Deux Pianos.
Als du mit Francine da hineinkommst, siehst du einen jungen Mann, der Klavier spielt. Das ist Jazz, sagt Francine. Du lässt deinen Blick durch den Raum schweifen und suchst nach dem zweiten Klavier. Das gibt es nicht, erklärt Francine, das Bistro heißt nur so, damit die Leute nach dem zweiten Klavier fragen. Mangel und Abwesenheit als geheimnisvolle Anziehungskräfte. Du denkst, dass man vielleicht sein Leben damit verbringen kann, nach dem zweiten Klavier zu suchen.

Dein Vater hält dich knapp. Du kannst dir ein Glas Rotwein leisten, mehr nicht. Mineralwasser würde zu kindisch aussehen. Du wirst den Freunden von Francine vorgestellt, einer Claudie, einem Jean-Paul, einem Soon, die anderen Vornamen behältst du nicht, sie gehören zu einem Koreaner, einem Tunesier, auch ein Deutscher setzt sich wenig später dazu. Du nippst den ganzen Abend an dem Wein, er schmeckt dir nicht.

Da die anderen sich miteinander unterhalten, hörst du der Musik zu und starrst auf die hellen Hände des Musikers, die unglaublich flink über die Tasten fliegen. In deiner Familie hörte man keinen Jazz, man las auch keine amerikanischen Krimis. Der Pianist trägt Schwarz, seine lockigen dunklen Strähnen fallen ihm in die Augen, er spielt ohne Partitur. Francine merkt, wie der junge Mann deine ganze Aufmerksamkeit beansprucht. Er heißt Henri Lagarde, sagt sie, er ist Musikstudent und spielt mehrmals in der Woche hier, vielleicht setzt er sich nachher zu uns.

Eine kitzelnde Musik. Eine bohrende Musik. Eine Musik, die tiefe, unbekannte Regionen deiner Seele aufwühlt. Du hast noch nie bewusst solch reißende Rhythmen gehört, du kennst den Namen des Komponisten dieses Stückes noch nicht. Du wirst ihm dein Leben lang zuhören, jedes Mal, wenn du meinst, wieder zu den Anfängen kommen zu müssen. Das Gespielte lässt Bilder auf dich zuströmen, unerwartete Bilder. Seiten aus einem flugs durchgeblätterten Buch, ein Tier kriecht unter der Erde, kratzt sich in einem Tunnel voran, taucht in die Sonne auf, ist ein Pferd, frisst Gras, galoppiert weg, eine Frau läuft Amok, eine Messerklinge blitzt auf, Blumen wiegen sich im Wind, Hände drücken sich, ein Abschied, Rauch steigt empor, Holz knistert, Zigaretten glühen, Tänzer schaukeln, dehnen sich, drehen sich auf den Schuhspitzen, torkeln, du hast Sehnsucht nach einem Mann, der dich eng an sich ziehen würde. Diese Musik schüttelt dich, durchsiebt dich, deine Beine zittern unter dem Tisch. Der Deutsche fragt dich, welche Jazzmusiker du bevorzugst. Du stammelst, du könnest die Namen nicht behalten, du würdest grundsätzlich Jazz mögen, müsstest dich allerdings in diese Rhythmen vertiefen. Dein Blick verrät deine Unwissenheit und, schlimmer noch, deinen Wunsch dazuzugehören. Er sagt, er könne dir eine Platte von Miles Davis oder Louis Armstrong leihen. Eben habe Henri das Stück *All Blues* gespielt, er sei sehr, sehr gut, der Henri, allerdings, wenn man das Stück auf einem Saxofon, einer Trompete oder einer Klarinette gespielt höre, sei das etwas ganz anderes und nicht vergleichbar. Du merkst dir den Namen Miles Davis. Der Deutsche trägt einen bordeauxroten Pullover, der Kragen seines hellen Hemdes schaut brav und zerknickt daraus hervor, seine zwei Vorderzähne reiten aufeinander, er raucht eine Gauloise nach der anderen. Das Lokal ist zu dunkel und zu verraucht, als dass du die Farbe seiner Augen ausmachen könntest. Er spricht deinen Namen, Louise, nicht wahr?, Francine hat schon von dir erzählt. Du entschuldigst dich, weil du seinen Namen nicht behalten hast, es seien zu viele auf einmal gewesen, sagst du. Du errötest, was man aber im Nebel der Zigaretten und in der Dunkelheit der Kneipe nicht bemerken kann. Er heiße Jo-ann, sagt er. Johann, unterbricht ihn

Claudie, die uns gegenübersitzt, Johann spricht seinen Namen französisch aus, um es uns leichter zu machen, wir sind ja ein pustearmes Volk ohne angehauchte h. Sie bläst Rauch aus, sagt h, Johann, h, und schüttelt ihren Pferdeschwanz. Johann und du lacht, als eine Stimme hinter dir auftaucht: Oder um sich als Deutscher besser einzuschmeicheln. Du drehst dich um, erkennst den Pianisten, der sein Klavier verlassen hat, ohne dass du es bemerkt hast. Am Klavier bist du wenigstens erträglich, sagt Francine, meine Güte, Louise, darf ich dir den negativsten Typen dieser Stadt vorstellen? Der Pianist lächelt dich an, ich bin Henri, sagt er, er hat das h seines Vornamens schwer ausgepustet und Francine und Claudie heben genervt die Schultern, magst du Jazz? Keine Ahnung, sagst du jetzt wahrheitsgemäß, ich habe dir aber sehr gern zugehört. Immerhin, grinst er, die anderen hören nie zu. Er hat einen Stuhl geholt und diesen zwischen Johann und dich geschoben. Alle sind enger zusammengerückt. Johann ist ein ganz Lieber, sagt Henri ein bisschen spöttisch, ich wollte ihn nicht vor den Kopf stoßen. Warum sagst du ihm das nicht selbst?, fragst du (und wunderst dich, dass du den Mut hast, diese für deine Verhältnisse freche Äußerung zu machen). Weil er es schon weiß, wirft Henri ein, wir verschaukeln uns gern. Du bist hier neu? Er beugt sich leicht zu dir hinüber, als würde er dich auf das Neue hin prüfen. Er selbst riecht leicht nach Schweiß. Seine dunklen Augen leuchten zwischen den schwarzen Locken. Er fragt nach deinem Studium, deiner Herkunft, du sagst, dass du mit der Altphilologie wahrscheinlich Lehrerin werden müsstest, obwohl du

lieber Malerin oder Schriftstellerin sein möchtest. Du sprichst diese zwei Berufe aus, als wollest du dich über dich selbst lustig machen, als wäre dir die Absurdität dieser Wünsche bewusst. Er erwidert, man müsse seine Träume verwirklichen, die innersten Wünsche steckten einem sonst wie ein Tumor im Magen, und er erzählt von seinem Werdegang, er spiele auch Saxofon, möchte im nächsten Jahr eine Zeit in Boston verbringen, um sich da mit bekannteren Jazzmusikern zu perfektionieren. Ihr sitzt an diesem Tisch alle so eng aneinander, dass du die Wärme der Oberarme und der Schenkel deiner Nachbarn an deinen spürst. Er spiele nicht nur Jazz, sondern auch klassische Musik, Bach, Liszt auch gern. Er bedaure sehr, dass er kein Schwarzer sei und keine rauchige Jazzsängerstimme habe. Man wählt seine Eltern und seinen Geburtsort nicht aus, sagst du ein bisschen platt. Wem sagst du das, sagt er. Du möchtest ihn beeindrucken. Du weißt leider nicht, womit. Sicher nicht mit Zitaten aus *De Clementia* von Seneca, den du gerade mit Mühe übersetzt, und auch nicht mit solchen aus dem *Menschenfeind* von Molière, den du verehrst, auch nicht mit deinen Kenntnissen der Alpenflora, auch nicht mit den kleinen Zeichnungen, die du ab und zu noch anfertigst, sie sind es nicht wert, gezeigt zu werden.
Johann und Francine plaudern mit dem Asiaten, der Soon heißt und lispelt. Du hörst ihr Lachen, ihre Scherze verlieren sich in der Geräuschkulisse, du möchtest mehrere gute Ohren haben, Oktopusarme und -beine, um die Wärme all ihrer Glieder zu spüren. Du bist jetzt vielleicht in deinem anderen Leben angekommen.

Henri

Aus dem Fenster des Studentenwohnheims schaust du einem Buntspecht zu. Sein schwarz-weiß-rotes Gefieder am Baum hat vor kurzem noch deine Sehnsucht nach Land und Natur geweckt. Heute aber nicht. Du ziehst deine Stiefelchen an und freust dich auf dein Treffen mit Henri. Ihr habt euer Rendezvous am Ufer der Rhône geplant. Auch er mag das Wasser fließen sehen. Du überquerst einen banalen Platz, der dir an diesem Tag als Sprungbrett zu einer glänzenden Zukunft erscheint. An der Bushaltestelle atmest du ein Parfüm ein, das dich an die lesbische Lehrerin erinnert. Es ist eine ältere Nordafrikanerin, die diesen Duft ausstrahlt, und du versuchst, in ihrer Nähe zu bleiben, obwohl du die lesbische Lehrerin nicht mehr vermisst. Der Bus ruckelt, du stellst dich neben die Nordafrikanerin und hältst dich lächelnd an einer Halteschlaufe fest. Die torkelnde Welt um dich herum möchtest du gegen nichts umtauschen.

Er hat zwei Hotdogs gekauft und ihr habt euch ganz nah aneinander auf den harten Zement des Ufers gesetzt. Ihr lasst eure Beine über dem Wasser baumeln, genießt das Schmelzen der Wurst und des weichen Brötchens im Mund und seht schweigend zwei Kähne vorbeigleiten. Die

Schiffe bewegen sich wie in Zeitlupe vorwärts, deine Gedanken folgen ihnen. Erst als ein paar Wellen unter euch am Beton lecken, bist du wieder bei Henri. Der leere Fluss zwingt euch zu reden oder zu handeln. Du spürst eine flüchtige Berührung seiner Hand auf deiner, die er dann an seine Lippen führt, du erstarrst, denkst, deine Finger riechen bestimmt nach Wurst. Deine Hand an seinem Mund ist eine fremde Hand. Du nimmst sie schnell zurück, fragst Henri nach seiner Herkunft, er sei aber von hier, aus dieser Stadt, wohne noch zu Hause, sagt er und streichelt jetzt deine Wange. Du spürst seinen Atem auf deiner Haut. Seit du kein kleines Kind mehr bist, bist du nicht mehr so gestreichelt worden, du schließt die Augen, spürst die Wärme deiner rechten Wange, seine Hand fährt zu deinem Nacken, du spürst an seinem Atem, dass er seinen Mund deinem annähert, du fühlst seine Lippen auf deinen Lippen. Du willst, dass es aufhört, du willst, dass er weitermacht, du spürst seine Zunge, die versucht, sich einen Weg in deinen Mund zu bahnen, du erinnerst dich an ein Picasso-Bild, das du nur aus einem Bildband kennst, deine Eltern gingen nicht ins Museum, eine zerlegte Frau, deren Gesicht aus mehreren Teilen besteht, man sieht sie von vorn und von der Seite und der Mund ist nicht an der richtigen Stelle, ein Auge scheint in der Luft zu hängen, du fühlst dich wie diese Frau, wenn diese Frau sich fühlen könnte, warm und kalt, hier und dort, du drückst dich an ihn, um sofort wieder wegzurücken, du öffnest die Augen, schüttelst dich. Er lacht ein bisschen schief: Du bist wirklich neu, sagt er. Ihr versucht, ein bisschen zu plaudern.

Deine Stimme zittert, seine ist heiser. Du fragst, ob er Geschwister habe, denn in puncto Geschwister bist du unschlagbar, du hättest einiges zu erzählen. Nein, er habe keine Geschwister, er sei ein verwöhntes Einzelkind, ob man es ihm anmerke. Er lacht spöttisch. Er sei bei seiner Großmutter groß geworden, ja, eine gute Großmutter, die er liebe. Sofort wechselt er das Thema und erzählt von dem Klavier, das ihm diese Großmutter geschenkt habe, sie habe früh seine Begabung erkannt. Er nehme seit seinem fünften Lebensjahr Unterricht. Du sagst, du würdest gern zeichnen und Gedichte schreiben, deine Versuche seien aber noch nicht gut genug, um sie herzuzeigen. In der Tat hast du am Tag davor ein kleines Gedicht über den Tod geschrieben. Die Illustration dazu ist besonders düster. Es geht um eine schwarze Höhle und blanke Verzweiflung. Dann, als hättet ihr nun genug geredet, küsst er dich wieder auf den Mund, nimmt plötzlich deine Hand und führt sie auf sein Geschlecht. Diese Wölbung, diese Härte, diese Wärme, dieses Pulsen. Du nimmst deine Hand zurück, es entsteht ein kurzer Moment der Peinlichkeit, den er schnell überbrückt, indem er dich wieder küsst. Du lässt es jetzt geschehen. Es ist dein erster wahrer Kuss. Überraschend, erstickend. Als du dich befreist (ja, du empfindest es als Befreiung), brennt und kitzelt dein Gesicht, sein Dreitagebart hat Spuren hinterlassen. Du wagst es nicht, daran zu reiben, du schaust ihn nun mit großen Augen an, du bist wirklich ganz neu, wiederholt er, noch ganz klein und unerfahren, und er kratzt sich den Kopf, mit diesem Ausdruck im Gesicht, von dem du nicht weißt, ob er tadelnd oder berührt ist. Gib mir ein bisschen Zeit, sagst du. Dieser Satz klingt wie ein Versprechen, gehört aber nicht zu dir, sondern zu irgendeinem Buch, einem Film, einer Schnulze. Du stehst auf, ziehst deinen Mantel aus und schüttelst ihn wie ein Betttuch, bevor du ihn wieder anziehst. Hast du Angst vor mir?, fragt er. Nein, hast du nicht, nur vielleicht vor allem, was mit ihm passieren könnte. Er hat jetzt einen bitteren Zug um den Mund, seine Enttäuschung verheimlicht er dir nicht. Er sagt, er begleite dich ein Stück, und legt dir seinen Arm über die Schulter. Ihr sprecht über seine Auftritte in Les Deux Pianos, du erzählst ihm, du möchtest Schülern Nachhilfe geben, um ein bisschen Geld zu verdienen, du hast entsprechende Annoncen in den Geschäften des Zentrums verteilt, bislang ohne Ergebnis. Vielleicht kenne er einen Kandidaten, sagt er, einen kleinen Nachbarn. Er fragt, ob ihr euch heute Abend im Les Deux Pianos sehet. Ja, er spiele dort heute Abend. Vor einem Jahr, sagt er plötzlich, ist der Élysée-Vertrag unterschrieben worden. Später, als du Henri besser kennenlernst, wirst du oft beobachten, dass er mitten in einem Gespräch einen völlig unerwarteten Satz einwirft. Was hältst du davon? Du schaust erstaunt: Adenauer und de Gaulle? Ja, das ist doch gut, sagst du, man muss ja einen Schlussstrich ziehen, beide Länder werden jetzt wichtige Entscheidungen gemeinsam treffen. Henri kreuzt die Arme wie ein Lehrer, der seine Schülerin prüft. Finde ich klasse, fügst du noch hinzu (und hast dir noch nie vorher Gedanken darüber gemacht), auch das mit dem deutsch-französischen Jugendwerk. Ah, ah, sagt Henri, die

Jugendherbergen werden demnächst von jungen, netten Deutschen besetzt. Wie kommst du jetzt auf den Élysée-Vertrag?, fragst du. Er antwortet nicht sofort, du aber erinnerst dich, dass ihr gerade das Les Deux Pianos erwähnt habt, was ihn vielleicht zu dem Deutschen geführt hat, Johann, einem der ersten Stipendiaten der neuen deutsch-französischen Partnerschaft. Interessiert dich Politik?, fragt Henri. Er scheint keine Antwort zu erwarten, denn er fährt unmittelbar fort: Ich finde, dass diese Versöhnung viel zu früh stattfindet. Ich habe bemerkt, sagst du, dass du Johann nicht so magst. Ach was, lacht er, wie kommst du jetzt darauf? Der Johann ist ein netter Kerl, er interessiert mich aber nicht besonders. Mich wohl, sagst du, ich mag nette Kerle. Ihr seid vor deiner Fakultät angekommen, ihr trennt euch heute mit zwei Küssen auf die Wangen wie alte Freunde.

Am Abend gehst du ins Les Deux Pianos. Henri sitzt mit Claudie und Francine, Soon und Ahmed an einem Tisch. Er nimmt seine Flasche Perrier und geht zum Klavier, nachdem er dich mit einem Kuss begrüßt hat. Du hast das Gefühl, dass er auf dich gewartet hat. Ein Kellner hat sich genähert und verschaukelt ihn: Na, wenn jetzt sein Schwarm gekommen sei, könne der Herr sich zum Klavier bemühen? Henris Mund hat nur flüchtig deinen berührt. Er hat dir noch einen Zettel gereicht, bevor er aufstand. Vor dem neugierigen Blick von Francine entfaltest du das Stück Papier. Da stehen nur ein Name, eine Adresse und die Telefonnummer eines Mannes oder eines Jungen drauf, Vorname Paul. Du verstehst, freust dich über den Nachhilfeschüler und bist doch ein wenig enttäuscht. Was hattest du erwartet? Sein erstes Stück kündigt er als *Girl from Ipanema* an. Die Gespräche werden wieder aufgenommen, aber leiser. Du hörst ihn zum ersten Mal singen. Seine Stimme überrascht dich, eine Stimme, nicht sehr klangvoll, aber sensibel, rein. Diese Stimme passt nicht zu seinen Annäherungsversuchen von heute Mittag. Du hörst mit geschlossenen Augen zu. Bist du müde?, fragt Soon. Du lächelst, ja, ich bin müde. Bist kurz versucht, deinen Kopf auf Soons Schulter zu legen, denkst, ich möchte getröstet werden, worüber denn? Beim zweiten Stück werden die Gespräche wieder lauter, an deinem Tisch sprechen fast alle gleichzeitig, es muss für Henri schlimm sein, dass das Publikum nicht zuhört, dass er nur Hintergrundmusik spielt. Allein Soon hört zu. Er schaut konzentriert zum Klavier hin, ganz verzückt. Du möchtest plötzlich allein sein, irgendetwas kritzeln, zeichnen oder lernen. Ich kann nicht lange bleiben, sagst du zu den anderen, habe morgen eine Klausur und muss noch lernen. Soons Stimme hält dich auf. Ich habe heute Nacht von diesem Café geträumt, erzählt er, und von Henri. Er war kein Pianist, sondern eine Seidenstickerin. Er war eine Frau?, fragst du erstaunt. Ja, vielleicht, vielleicht auch nicht, ich sah, dass er an den Fingern blutete, das Tuch, das er hielt, färbte sich rot. Der Traum und die leise, melancholische Stimme von Soon, die sich einen Weg zwischen den anderen Gesprächen und der Musik bahnt, stimmen dich unbehaglich. Du stehst auf und Francine folgt dir. Am Klavier vorbeigehend streifst du

Henris Schulter, der sich umdreht und dich vorwurfsvoll ansieht. Du singst sehr schön, flüsterst du ihm zu. Als ihr in die frische Frühjahrsnacht hinaustretet, stoßt ihr auf Johann, der seiner Enttäuschung freien Lauf lässt: Mädchen, das geht gar nicht, dass ihr so abhaut, gerade wenn ich ankomme. Er schlägt euch für Sonntag ein Picknick vor, im Parc de la Tête d'Or. Er will auch den anderen Bescheid sagen.

Francine erzählt

Ihr geht über die Brücke und bleibt stehen, um euch über das Geländer und das dunkel rauschende Wasser zu beugen. Ein heftiger Wind lässt Francines langes chlorgebleichtes Haar flattern. Dein Blick taucht ins Wasser und deine Gedanken, die nach dem vorwurfsvollen Blick von Henri brodeln (wie schnell bekommst du ein schlechtes Gewissen!), kühlen ab, du bist froh und traurig zugleich, aus Les Deux Pianos entwichen zu sein. Du weißt nicht, was du von Henri willst, du warst zu allein und hast dich zu schnell begeistert, deine plötzliche Vorliebe für diese Musik und für diese internationale Gruppe von Studenten ist nicht echt, du würdest doch noch lieber Brassens oder Jacques Brel hören, Chansons eben, deren Texte du verstehst, du magst gute Texte, du magst keine verrauchten Kneipen, nein, du gehörst nicht zu dieser Clique, auch wenn du es so sehr möchtest, aber zu wem gehörst du denn? Wenn du auf dein Studentenleben blickst, spürst du, wie ungenügend es ist, wie du, deinem alten Leben entwurzelt, über leerem Boden schwebst. Werden der griechische Glanz des fünften Jahrhunderts vor Christus oder die Sprüche von Seneca dich in ein gutes Leben lotsen? Du bist neunzehn, du brauchst Freunde, eigene Wünsche, eine Richtung, einen Platz in der Jugend, du willst dazugehören. Im Grunde aber kommst du dir überall fremd vor. In den Bergen liefst du zu der stillen Alm, zu den starren Gipfeln, als hätten Bäume und Gestein auf dich gewartet. Du fühltest dich umarmt. Hier ist der Fluss in Bewegung, du bleibst zurück, du spürst die eigene Steifheit.

Vorige Woche hat sich eine Frau von hier aus in die Rhône gestürzt, erzählt jetzt Francine, die dich aus deinem Schweigen holen möchte (Francine hat eine Abneigung gegen das Schweigen, sie denkt, man sei verkracht und mit ihr böse), sie hat es nicht überlebt. Du schaust noch intensiver hinein in den tiefen, rauschenden Strom, der keine Spur mehr von der Ertrunkenen tragen kann, und deine Gedanken gehen jetzt zu deiner Mutter, die Selbstgespräche führte und dem offenen Kleiderschrank ihre Geheimnisse anvertraute. Sie ist in dieser Stadt groß geworden, ihre Vergissmeinnicht-Augen haben auf diesen Fluss gesehen, wie einsam muss sie sich da gefühlt haben als adoptiertes Kind. Du hast gehört, dass ihre Hochzeit mit deinem Vater eine arrangierte Hochzeit war. Die bürgerlichen Eltern der beiden waren befreundet und haben ihre Kinder zusammengeführt. Wann haben dann die Adoptiveltern deiner Mutter der Familie deines Vaters gestanden (es wird sich damals wohl wie ein Geständnis angehört haben), dass die Tochter nicht ihr leibliches Kind war? Du versuchst, dir das offenbarende Gespräch vorzustellen. Wie deine achtzehnjährige Mutter verkrampft und mit gekreuzten Beinen auf ihrem Stuhl sitzt, unruhig umher blickende Augen, blasse Wangen, wie sie versucht zu verstehen, was gesagt wird, diese Ungeheuerlichkeit, und keine Erklärung findet, nur eine in sich zerbröckelnde Welt. Aus Gesprächsfetzen von den Erwachsenen hast du vor ein paar Jahren rekonstruiert, dass es kurz vor der Hochzeit zwischen den beiden Familien zu einem Eklat gekommen war, vielleicht beim Unterzeichnen des Ehevertrags im Büro des Notars? Hat deine Mutter erst da von ihrer Herkunft erfahren und hat sie dann auf einmal in den Augen der Familie wenn nicht ihre Existenzberechtigung, so doch zumindest einen guten Teil ihres Heiratswerts eingebüßt? Vielleicht Liebeskummer, sagt Francine, die Frau hat sich vielleicht aus Liebeskummer in die Rhône geworfen. Apropos, ich glaube, dass Henri schwer verliebt in dich ist. Du grinst und sagst, na ja, das ist ihm bestimmt nicht ernst. Du irrst dich, sagt Francine, bei Henri ist alles ernst. Er hat es ja nicht leicht gehabt. Francine hat deine Neugier geweckt und erwartet sichtlich deine Fragen, natürlich willst du mehr wissen, aber du ahnst, dass es nicht ungefährlich ist, mehr über Henri zu erfahren. Seine Eltern, erzählt Francine, sind während der Besatzung umgekommen, am Ende des Krieges. Der Vater ist von den Deutschen gefoltert und erschossen worden, die Mutter wurde deportiert und ist in einem Konzentrationslager gestorben. Die väterliche Großmutter konnte Henri retten und hat den Säugling großgezogen. Diese Offenbarung erschreckt dich so sehr, dass du beginnst zu zittern. Du hörst wieder *All Blues*, du blickst in das Gesicht von Henri, du siehst die Bilder aus *Nacht und Nebel.* In deinem Kopf, unter deiner Brust. Du schämst dich. Du verweigerst dich, geizt mit deiner kleinen Person, bist ein Niemand, bist nur dieser Augenblick, der kaum zu ertragen ist. Du kannst dir vorstellen, wie es in ihm aussieht, sagt Francine. Du kannst es noch besser, wenn du weiter ins schwarze Gewässer schaust, du versuchst, die Einsamkeit dieses Menschen zu spüren, der heute Nachmittag deine Hand auf sein hartes Geschlecht gelegt hat, du willst dich jetzt in diesen Mann hineinversetzen und spüren, wie seine Musik sich um ihn rankt, ihn kleidet, schützt, damit er, weniger nackt, dem Bösen weniger Angriffsfläche bietet. Du verstehst dich selbst nicht mehr. Wie kann es passieren, dass dich innerhalb eines Tages so viele verschiedene Stimmungen umhüllen? Du fragst mit unsicherer Stimme, ob Henris Eltern Juden gewesen seien oder Partisanen. Partisanen, sie gehörten zu dem Netz von Widerstandskämpfern um Jean Moulin. Woher weiß Francine vom Schicksal seiner Eltern? Wir waren ein paar Monate zusammen, erzählt sie, es war nichts Ernstes, fügt sie schnell hinzu, als müsse sie sich entschuldigen, eine rein sexuelle Geschichte. Erst danach hat Henri mir von dieser Tragödie erzählt, wir sind gute Freunde geblieben, außerdem, an dem Abend, als er sich mir anvertraute, hatten wir beide einen zu viel gebechert, das half. Er ist nämlich kein Typ, der einem sein Leben erzählt.

Du fragst dich verwirrt, wie ein Mädchen in deinem Alter von einer rein sexuellen Geschichte sprechen kann. Wie sieht eine rein sexuelle Geschichte aus, wie kann man danach gute Freunde werden und warum hört eine rein sexuelle Geschichte dann auf? Er ist ein guter Liebhaber, sagt Francine, aber er war mir manchmal zu düster, zu kompliziert, ich wollte mich nicht in ihn verlieben, ich habe sofort gespürt, dass er für mich nur Begierde empfand, ein Junge eben, der sich austoben muss, er wollte bumsen, ich auch, mehr war nicht drin, doch, viel Sympathie, ja, Vertrauen, aber keine Liebe. Ich brauche etwas anderes. Du hast doch gesagt, wendest du ein, dass bei ihm alles ernst sei. Ja, kontert Francine, aber auch Sex kann ernst sein.

Ihr lauft weiter, die Brücke habt ihr überquert, ihr wartet an der Haltestelle auf den Bus. Dein Schweigen verunsichert Francine wieder, sie legt ihren Arm um deine Schulter, wie Henri heute Nachmittag, ihre Stimme klingt zaghaft, als sie sagt: Bei dir ist es etwas anderes, ich habe sofort bemerkt, dass er verliebt ist. Ihr müsst in zwei verschiedene Richtungen fahren. Als ihr Bus kommt, küsst dich deine neue Freundin auf beide Wangen. Ich fürchte, er wird dich lieben, sagt sie.

Johann

Ihr trefft euch mit Johann am prachtvollen Eingangsgitter des Parks: Porte des Enfants du Rhône. Du erinnerst dich, dass deine gute Großmutter mit euch Kindern dort spazieren ging, wenn ihr einige Ferientage bei ihr verbracht habt, und euch an diesem Eingang eine Tüte Erdnüsse kaufte. Seit du als Studentin in dieser Stadt wohnst, bist du eigenartigerweise nie an diesen Ort zurückgekehrt, als gäbe es Natur nur in deinen Alpen. Wie kann man so dumm sein? Es riecht nach Erde, Bäumen, Gras und Tieren, und du wirst wieder zum glücklichen Kind. Johann ist ein Vertrauter des Parks und des Zoos, er stellt euch das Gelände vor, als sei er dort groß geworden. Ihr schlendert durch Alleen mit Zedern und Sequoias und mietet zwei kleine Tretboote. In das eine steigst du mit Johann ein, in das andere Francine und Soon. Henri und die anderen sind nicht gekommen. Johann hat einen Fotoapparat dabei und schießt lauter Bilder von dir und von dem kleinen Tretboot mit Francine und Soon. Später wird Francine dir anvertrauen, dass Soon ihr einen sonderbaren Traum erzählt habe. Es sei schwer, Soons Träume zu deuten, oft habe man den Eindruck, dass er sie von der Gegenwart inspiriert erfinde, dass sie für ihn eine Vermittlung seiner augenblicklichen

Empfindungen seien, etwas, was gerade passiere (zum Beispiel eben das Fotografieren von Johann), könne ihn an bestimmte Nachtträume erinnern. Soon erzählte von Porträts, einer Abfolge von Gesichtern, ovalen, eingerahmten Bildern, auf denen er uns, seine Freunde, erkannt habe, aber auch seine Familie, seine dortigen Kameraden und viele berühmte Menschen, die er alle bewundere, wie Marilyn Monroe und andere, die tot sind. Diese Porträts seien vom Wasser angeschwemmt worden, jedes in seinen Lichtstrom eingebunden. Er habe versucht, sie anzufassen, aber sobald er seine Finger danach ausgestreckt habe, seien sie ihm entwischt.

Du siehst Johann zum ersten Mal bei Tageslicht. Bis jetzt habt ihr euch nur nachts im Les Deux Pianos getroffen. Das Gesicht ist nicht so glatt und der dunkle Bartansatz ist sichtbar. Er trägt ein ungebügeltes Hemd unter der Cordjacke. Sein braunes Haar wirbelt um die Stirn, er schwitzt und zieht die Jacke aus. Du riechst den warmen Geruch seiner Achseln. Sein Blick schweift durch die Landschaft und du spürst, wie er ab und zu auf dir ruht. Der Frühling wird schon warm, der Himmel gleicht deinem Alpenhimmel nicht, zeigt dafür ein zartes Blau, das zu deiner pastellfarbenen Stimmung passt. Johann hält das Ruder. Ihr tretet energisch auf die Pedale, euer Gespräch fließt von selbst, du erfährst, dass Johann Pharmazie studiert, und das sehr gern. Er habe keine Lust, Medikamente zu verkaufen wie sein Vater, sondern möchte lieber welche erfinden, Chemie und Heilung, Chemie im Dienst der Kranken, in Lyon absolviert er zurzeit einen Kurs der Pharmakologie.

Er versucht, dir den Unterrichtsstoff grob zu erklären, es gehe, sagt er, um die Wechselwirkung zwischen Arzneimittel und Körper. Er unterbricht sich schnell: Ich will dich nicht langweilen, erzähl lieber, was du studierst. Du sprichst von *Der Fremde* von Camus, ein Buch, das du mehrmals gelesen hast, du erzählst, dass das Todesurteil für Meursault dir unerträglich gewesen sei, das Absurde und das Schicksalhafte dieses Todes hätten dir den Schlaf geraubt. Er werde, sagt er, das Buch auch wieder lesen, damit ihr zusammen darüber sprechen könnt, ja, er habe es einmal schon zum Teil in der Schule gelesen und könne sich erinnern, dass die Unbeteiligtheit von Meursault, der kurz vor dem Tod seine Zugehörigkeit zur Welt entdeckt, ihn schwer beeindruckt habe, aber ja, er wolle es noch einmal lesen, bevor er Unsinniges rede. Johann spricht deine Sprache perfekt. Er habe mehrere Wochen bei seinem französischen Brieffreund in Dijon verbracht. Zwar habe er Französisch nur als dritte Fremdsprache in der Schule gelernt, dafür aber einen hervorragenden Lehrer gehabt, einen Kriegsversehrten, der aus Russland mit nur einem Bein zurückgekommen sei, streng und bitter, aber, sagte Johann, man habe bei ihm viel gelernt. Nicht alles, was er verlangt habe, habe man leisten können, aber was man habe leisten können, sei schon zehn Mal mehr gewesen als das, was die Schüler der Parallelklasse geleistet hätten. Per aspera ad astra sei seine Devise gewesen. Seine Eltern seien sehr frankophil, sein Vater spreche auch sehr gut Französisch und habe Proust im Original gelesen. In den Semesterferien wolle Johann nicht sofort nach Deutschland zurück, sondern sich noch weitere schöne Orte von Frankreich ansehen. Du erzählst von den Alpen und dass er dich dort gern besuchen könne. Die Worte sprudeln hemmungslos von deinen Lippen, schon lange bist du nicht so natürlich und frei gewesen wie jetzt in dem kleinen Tretboot, die Spiegelungen der Bäume auf dem Wasser, das regelmäßige Treten auf die Pedale, die laue Frühlingsluft, der Enthusiasmus von Johann für dein Land oder deine Neugier für seins, euer Gespräch könnte sich stundenlang entfalten, es gibt so viel zu erzählen und so viel zu fragen. Du stehst nicht neben dir, wie so oft, du möchtest auch nicht woanders sein. Du möchtest endlos auf das leuchtende Wasser schauen und dass ihr auf magische Weise bis zur Rhône vorwärtsgleitet und dann weiter zum offenen Meer. Um euch herum steigen Erinnerungen empor, bunte Ballons, die euch begleiten, die Orte eurer Kindheit, die Gesichter eurer Mütter, Väter und Geschwister, kleine Planeten aus dem früheren Leben, ihr jongliert und vertauscht sie, fühlt euch ausgezeichnet.

Am Wochenende darauf geht ihr mit der Clique spazieren. Francine, Soon, Johann, Henri und du. Henri hat den Wagen seiner Großmutter ausgeliehen, einen uralten Citroën Traction Avant. Ihr fahrt ins Beaujolais, wo ihr Weinproben macht und Henri einige gute Flaschen kauft, dann geht ihr über Hügel und Wiesen spazieren. Diese sehr kultivierte Landschaft gefällt dir nur mäßig, dennoch genießt du das Frühlingsgrün, die Gerüche, die Schlüsselblumen, die am Rand der Felder hervorsprießen, und vor allem die Gesellschaft deiner Freunde. Du läufst zwischen Johann und Henri, die beide leicht beschwipst sich spielerisch bei dir untergehakt haben. Der Druck ihrer Arme fühlt sich sehr unterschiedlich an, dominant und fester bei Henri, zaghafter und ungeschickt bei Johann, sodass du dich selbst fester an Johann krallst. Ihr müsst durch eine Herde von Kühen ein Feld überqueren und erst dann erhöht Johann seinen Druck und beschleunigt auch seinen Schritt, als wolle er dich schützen oder sich selbst. Du willst ihn fragen, ob er sich vor Kühen fürchte, als du Francines Stimme hörst. Sie schreit Soon an: Du hörst mir überhaupt nicht zu! Wo bist du denn immer mit deinen Gedanken? Ihr dreht euch um, und du merkst, wie Soons Augen sich mit Tränen gefüllt haben. Dieser Chinese ist euch ein Rätsel, stets bei euch und doch abwesend. Du bist überrascht über Francines Heftigkeit.

Die Nachhilfestunde

Du gibst Paul, dem kleinen Nachbarn von Henri, eine Nachhilfestunde in Französisch. Paul ist zwölf, freundlich und aufgeweckt. Er kann aber keinen Aufsatz schreiben, da alles so schnell erzählt sei. Er sieht nicht ein, wie er mit einem ereignislosen Ausflug mit der Familie, bei dem, sagt er, alles sehr öde gewesen sei, ein ganzes Blatt vollschmieren könnte. Du bringst ihm bei, wie man Dingen und Menschen Aufmerksamkeit schenkt, was man über Farben, Geräusche, Bewegungen und Gesichter schreiben kann, du führst ihn ans Fenster und ermutigst ihn, den Wolken Tierformen anzudichten, du zeigst ihm, wie man kleine Dramen interessant schildern kann beziehungsweise erfinden darf (du bringst ihm Autofiktion bei, Erfindung und Lebensbericht in einem), der Ball fällt in den Fluss, seine kleine Schwester schreit, er will versuchen, ihn zu holen, seine Mutter hält ihn zurück, sein Zorn, da der schöne Ball jetzt fortgespült wird, und so weiter, du hilfst ihm, Bedeutungen aufzulauern (er findet eine selbst: Glück ist niemals perfekt), Gefühlen auf die Schliche zu kommen. Du sagst ihm, er schreibe keinen Aufsatz, er schreibe eine Geschichte. Du spürst die Erleichterung in seiner schreibenden Hand. Aus einem durchsichtigen Schrank purzeln

unsichtbare Überraschungen hervor, beide schaut ihr einem roten Ball nach, der immer kleiner wird, und ihr freut euch über eure Entdeckungen. Deine dabei ist, dass du gerne unterrichtest.
Du hast Henri versprechen müssen, bei ihm vorbeizukommen, um seine Großmutter kennenzulernen. Ohne das Glück, dass dir deine erste Unterrichtsstunde beschert hat, würdest du dein Versprechen vielleicht nicht halten, aber du bist voll Dankbarkeit und in einer euphorischen Stimmung, als du auf die Messingklingel drückst. Henri selbst öffnet dir die Tür, heute fröhlich, ganz entspannt. Er führt dich zu der Großmutter im kleinen Salon. Sie ist jünger als deine Großmutter, leicht geschminkt, elegant und trägt eine doppelte Reihe Perlen um den Hals. Sie schaut Fernsehen und bittet Henri, den Apparat auszuschalten. Sie reicht dir eine kleine, feste Hand mit rot bemalten Nägeln und sagt: Henri hat Gutes von Ihnen erzählt, Fräulein. Du spürst im Innern deiner Hand die Härte eines Rings (ein Smaragd, wie du später siehst), funkelnde Augen sind auf deine gerichtet, ihre Art, dich anzuschauen, eindringlich, als ginge es darum, dich chirurgisch zu untersuchen, jetzt und sofort zu erfahren, was in dir steckt. Nachdem sie dir einige Fragen über dein Zuhause und dein Studium gestellt hat, führt dich Henri in sein Zimmer, nicht ohne den Fernseher wieder angeschaltet zu haben. Die Großmutter wirft ihm einen, findest du, enttäuschten Blick zu, wahrscheinlich hatte sie gehofft, dass ihr euch länger mit ihr unterhaltet. Soyez prudents, seid vorsichtig, ruft sie euch hinterher. Hast du

dich verhört? Was hat sie gemeint?, fragst du Henri, der nur mit einem Achselzucken antwortet. Henris Zimmer geht auf einen Innenhof, ich muss am helllichten Tag die Lampe anknipsen, sagt er. Er zieht den Vorhang zu und macht das Licht an. Du siehst eine Menge Bücher auf Regalen. Sie sind nach Gattungen geordnet: Krimis, Philosophie, Geschichte, Politik, moderne Literatur und Musik. Du erkennst einige Namen: Flemming (den du aber nie gelesen hast), Jean-Paul Sartre, der gerade den Nobelpreis abgelehnt hat, du verweilst vor einem alten Buch: *Lyon sous l'occupation allemande* von Henri Forest. Du gehst schnell weiter, Marguerite Duras, *Hiroshima mon amour*. Du fragst, ob du dieses kleine Buch ausleihen dürfest. Henri beobachtet dich und deinen stehlenden Blick. Mein Vater, sagt er, war Bibliothekar, er hat mir seine Liebe zu Büchern vererbt, weniger seine Bücher selbst. Du möchtest auf diese letzten Worte eingehen und traust dich nicht. Eine Gitarre steht an der Wand. Wo ist sein Klavier? Im Wohnzimmer, sagt er. Großmutter hört mir gern zu. Sie veranstaltet manchmal Hauskonzerte und bittet mich, für ihre Gäste zu spielen.

Und dann liegt ihr auf seinem schmalen Bett, das vor der geblümten Tapete steht. Abstrakte Blüte, schwarz-weiß, in kreisenden Bewegungen. Du lässt dich küssen, anfassen, entkleiden, eine Prozedur, die eine Ewigkeit dauert, da du passiv bleibst, voller Angst. Henri liest diese Angst in deinen Augen und legt viel Zärtlichkeit in seine Gesten, in seine Küsse. Er bedeckt deinen nackten, zitternden Körper mit dem Überzug, während er sich selbst auszieht. Du schaust zum ersten Mal auf einen erigierten Penis, er sieht animalisch, monströs aus, du fürchtest dich nicht vor Schmerzen, nein, du fürchtest dich vor dem Kind, vor dem unehelichen Kind, denkst wieder an deine Mutter, sicher ein uneheliches Kind, daher die Verachtung der väterlichen Familie, und auch deine ältere Schwester hat sich schuldig gemacht, hat vor drei Monaten heiraten müssen, eine Schande. Du denkst an Paul, der vielleicht jetzt noch am Fenster der Wohnung gegenüber steht und die Wolken deutet. Ein Kind sein. Keine Frau und keine Erwachsene. Auch wenn es oft unschön war, den Erwachsenen ausgeliefert zu sein, konnte man sich Aufschub leisten, man haute ab, man lief durch Täler und über Berge, man schwamm im See, man ließ die Welt der Erwachsenen hinter sich. Jetzt steckst du mit beiden Füßen drinnen und mit deinem Körper in diesem Bett. Henri hat ein Kondom aus der Schublade geholt, er streift es sich über, es macht sein Ding nicht schöner, die rötliche Eichel errät man noch, das Säckchen, das wie eine Träne am Ende des Gummis hängt, es ekelt dich an. Das hat meine Großmutter gemeint, sagt er und zeigt auf das Ding. Du schreckst auf: Deine Großmutter weiß Bescheid? Ja, klar, sie und ich, wir sind beide erwachsen und freie Menschen, und wir wollen noch lange zusammenwohnen. Sie verlangt eben nur, dass ich aufpasse und ihr keinen Enkel beschere. Auf einmal ist deine Angst nicht mehr so groß, dafür bahnt sich ein leichter Zorn seinen Weg, als hättest du ein Komplott aufgedeckt. Und du hörst Francines Stimme: eine rein sexuelle Geschichte. Wie oft bringst du denn Mädchen hierher,

Henri?, fragst du. Er kichert, ohne aufzuhören, dich mit seinen langen und warmen Pianistenhänden zu streicheln, er haucht Leben in deinen Mund, unter deine Achseln, an deine Brüste, ach, gar nicht so oft, sagt er, keine Angst, und bei dir ist es ganz anders. Wirklich? Wirklich. Es wird jetzt geschwiegen, nur noch geatmet. Seine Liebkosungen auf deinem Po, auf deinem Bauch, zwischen deinen Beinen. Du passt gut in seine Hände. Du gibst dich hin oder auf, entkrampfst dich nach und nach, du bist hier, sagt er, als wäre es für alles, was jetzt passiert, die einzige plausible Erklärung, lass mich dich lieben, Louise. Dein Vorname hört sich fremd an, was hat der hier liegende nackte Körper noch mit Louise zu tun? Dennoch beginnst du, noch schüchtern, seinen Kopf, seinen Hals und seinen Rücken zu berühren, zu liebkosen und seinen Po, seine Hoden anzufassen. Du hast das Gefühl, nicht wirklich dabei zu sein, du hast das Gefühl, jemandem etwas nachzumachen.

Böse auf

Du fragst Henri nicht nach seinen Eltern, du möchtest warten, bis er selbst davon erzählt. Gleichzeitig fürchtest du, dass er dein Schweigen als Gleichgültigkeit auffasst, dass Francine dir von ihm erzählt hat, ist ihm sicher nicht entgangen. Du hast *Hiroshima mon amour* gelesen und weißt nicht so recht, wie du mit ihm über dieses Buch sprechen kannst, das dich verstört, das mit deinen akademischen Schul- und Unilektüren nicht zu vergleichen ist und deine Lesegewohnheiten durcheinanderbringt. Dieser Text singt und weint, jammert, schreit und jubelt. Das Schicksal der Protagonistin, die man zur Strafe für ihre Liebe zu einem deutschen Feind 1945 in der Provinzstadt Nevers geschoren hat, hat dich zutiefst berührt, auch die unverbrauchte Sprache von Duras setzt du dem Jazz gleich, wahrscheinlich, weil du beides gleichzeitig kennenlernst, in ihrem Buch findest du diese Leitmotive, dieses Zittern und Stottern der Silben und der Sinne, du hörst die Schläge eines Herzens, einen Ausbruch der Emotionen im rohen Zustand, auch wenn Duras sich sicherlich jedes Wort genau überlegt hat. Du bist gewohnt, komplexe syntaktische Prosa zu analysieren, die Kurven und Mäander der Prosa von Proust, die starke und tiefschürfende Sprache von Zola, aber diese Synkopen, diese einfache Prosa geht dir mitten ins Herz.

Henri trifft jeden Donnerstag eine Arbeitsgruppe (Forscher, Politiker, Überlebende), denen es um die Besatzung der Stadt geht, die Kollaboration, die Deportation der Juden aus Lyon und die Widerstandsbewegung. Ob du ihn einmal dorthin begleiten möchtest. Du zögerst, sagst, du wissest nicht so recht, du habest Arbeit, eine Lateinprüfung, müssest dich vorbereiten, möchtest nachdenken, ja, und ob man mitten in den sechziger Jahren noch viel Neues aufdecken könne. Er lacht boshaft und fragt dich (seine Stimme: schneidend, beißend), ob du überhaupt wissest, was kurz vor deiner Geburt geschehen sei. Ob in den Alpen störende Erinnerungen in den Gletscherspalten eingefroren würden. Ob deine Beschäftigungen mit Aristoteles und Titus Livius dir jeden Sinn für die heutige Zeitgeschichte geraubt hätten. Seine Feindseligkeit bringt dich durcheinander, du schämst dich, stotterst, dass du genau wissest, was Klaus Barbie, der Schlächter von Lyon, für Verbrechen begangen habe, dass er, Henri, sehr mutig sei, sich weiter mit diesen Verbrechern der Besatzungszeit zu beschäftigen, dass du aber in einer Zeit der Versöhnung leben möchtest, dass du zurzeit keine Lust verspürest (du traust dich in diesem Zusammenhang das Wort Lust zu benutzen) und auch keine Möglichkeit sehest (gelogen, du könntest durchaus mit ihm zu diesen Arbeitstreffen gehen), dich mit dieser Vergangenheit auseinanderzusetzen. Natürlich interessiere dich das Schicksal seiner Familie. Und dann sagst du es ihm geradeheraus: Ich weiß von Francine, was deinen Eltern zugestoßen ist, es ist schrecklich, ich verstehe dich, mehr, als du denken kannst, ich selbst habe nur eine andere, einfachere Biografie, bin privilegierter … Ignoranz und Dummheit sind keine Privilegien, unterbricht er dich und dreht dir den Rücken zu. Du hast ihn verloren.

Du verzichtest vorerst auf Les Deux Pianos, kaufst dir von dem Nachhilfegeld eine Platte mit berühmten Jazztiteln, *The Girl from Ipanema*, *A Taste of Honey*, *Fly me to the Moon* hörst du immer wieder, um sie dir einzuprägen, um sie sofort zu erkennen, wenn er sie spielt, falls du ihm wieder zuhören solltest. Nach einer Woche rufst du ihn an, seine Großmutter sagt, er sei nicht da, du hörst aber seine Stimme im Hintergrund. Du triffst dich mit Francine, Johann und einigen anderen in der Mensa. Nach Pauls Nachhilfe (er hat riesige Fortschritte gemacht) entfernst du dich jetzt schnell von dem Wohnhaus, aber es ist dir schwer ums Herz, der Wunsch, bei Lagarde zu klingeln, schnürt dir jedes Mal den Hals zu. Eines Tages, als du aus der Wohnung von Paul heraustrittst, kommt gerade seine Großmutter mit einem Einkaufskorb herauf. Sie begrüßt dich freundlich, findet es schade, dass sie dich so lange nicht gesehen habe, ihr Enkel sei schlecht gelaunt in der letzten Zeit, ob er vielleicht an Liebeskummer leide? Du errötest, räusperst dich, seufzt, bleibst stumm. Alles an dieser zierlichen Person ist Leben, ihr Quecksilberblick, die glänzenden Ohrringe, die jede Kopfbewegung begleiten, ihr sorgfältiges Schminken, ihr Lächeln. Ich wollte Sie nicht in Verlegenheit bringen, sagt sie schließlich, Henri ist kein leichter Junge, ihm fehlt es an Einsicht und Ruhe, aber er ist ein prächtiger Mensch, wollen Sie nicht für einen Moment reinkommen? Er ist nicht da. Sie führt dich in ihren kleinen Salon. Hier stand früher die private Bibliothek meines Sohnes und seiner Frau, sagt sie. Die Nazis haben sie geplündert, im Juni 1943, auch unsere Gemälde und die schönsten Möbel. Mein Sohn Pierre, der Vater von Henri, hatte eine sehr reiche Sammlung von Büchern: Klassiker, eine uralte Edition von Montaigne, zeitgenössische Literatur, Kunst, alles. Als sie kamen, war ich spazieren, mit Henri im Kinderwagen, im Parc de la Tête d'Or. Ich sollte den Kleinen am späten Nachmittag zurückbringen. Jemand hat mich noch rechtzeitig gewarnt. Es ist mir gelungen, mich mit dem Jungen bei Bekannten zu verstecken, um dann in die Schweiz zu fliehen.

Du siehst vor dir Rubens' Bild *Die Flucht nach Ägypten*. Henris Großmutter macht sich Sorgen um den depressiven Enkel. Vielleicht ist sie einsam, braucht Gesellschaft, sie erzählt jetzt von Henris Kindheit, wie früh sich seine musikalische Begabung gezeigt habe. Er sei ein wildes Kind gewesen, das sich schon im Kindergarten mit anderen herumgeschlagen habe, das nur Ruhe gefunden habe, wenn sie ihm vorgesungen habe oder wenn beide Platten gehört hätten, nein, keine Kindermusik, schon damals Chopin, Liszt und Beethoven. Ich habe ihn großgezogen, sagt sie, aber wie überwindet man die Ermordung beider Eltern? Ich bin nicht sicher, dass die Musik allein ausreicht und die Liebe. Vielleicht hätte ich ihn anlügen müssen? Na ja, vielleicht, vielleicht. Sie unterbricht sich, hat Tränen in den Augen. Du traust dich nicht, sie zu berühren.

Was vermisst du an ihm? Nichts. Alles. In seinen Armen bist du ein Stück gewachsen, in seinen Armen könntest du erwachsen werden, falls Erwachsensein bedeutet, sich am Leid der anderen wie am eigenen Leid wund zu reiben. Er könnte dich aber auch im Nu zusammenschrumpfen lassen. Ein böses Wort von ihm und du würdest wieder zu einem unwissenden, oberflächlichen, zu einem sündigen Mädchen werden. In der Tat bist du eine dumme Gans, ein unwissender Bauerntrampel, ein schuldiges Unschuldslamm, ein beleidigter Hanswurst, eine Möchtegernkünstlerin.

Henri meldet sich nicht. Du arbeitest jetzt viel mehr, dein Studium fängt endlich an, dir zu gefallen, vor allem die griechischen Texte. Du begleitest Odysseus auf seiner abenteuerlichen Route und er hat dir viel zu erzählen. Du übersetzt die Odyssee in ein großes Album und illustrierst jede Seite mit grob schraffierten Zeichnungen. Das Gezeichnete bringt dir das Geschriebene näher und umgekehrt. Francine, der du dein Werk zeigst, sagt, ihr sei schon aufgefallen, dass sich bei dir die Begriffe paaren und spiegeln müssten. Was in dir keinen Wiederhall findet, existiert nicht, sagt sie dir. Eines Abends, als du ein Theaterstück von Marivaux über zehn Seiten analysiert hast und dich nach deiner stundenlangen Haarspalterei müde fragst, was diese seichte Literatur, diese altmodische Komödie aus Missverständnissen, Verkleidungen, Betrug, Zweideutigkeiten, diese Dialoge aus dem achtzehnten Jahrhundert mit ihren geblümten Phrasen, diese Fertigpersonen mit ihren langen Satinkleidern und gepuderten

Perücken mit deinem eigenen Leben zu tun haben, wird dir die Antwort wie eine erstickende Mütze übergestülpt, ALLES, das ganze Leben ist ein böses und manchmal ein lustiges Spiel von Masken und Schatten, das Leben ist eine harlekinhafte Mischung aus Drama und Verwechslungskomödie, es ist klar, dass von Plato bis Sartre über Shakespeare und Marivaux die ganze Literatur nur ein einziges Thema behandelt: den Schein und das Sein, das Leben als Illusion, als Ersatz, als Deckel auf dem Nichts. Das Leben ist ein glitzernder Betrug. Was echt bleibt, ist das Leid, der Schrei, der Schnitt ins Fleisch, Henris Elend, Henris Rachegelüste. Du schreibst ihm einen Brief. Du schreibst, dass du ihn vermissen, dass du seine Wut verstehen würdest, dass *es* dir leid tue (das *es* kannst du nicht definieren, nur dass dieses *es* gravierend und sehr schwer zu ertragen ist), dass es manchmal schwierig sei, sich in einen so anderen Mensch hineinzuversetzen, dass du wenig Übung darin habest, dass du das aber bei ihm lernen möchtest. Er meldet sich nicht zurück. Francine tröstet dich, rät dir, Abstand zu nehmen. Henri habe verstanden, dass er dir nicht guttue, dass ihr nicht in derselben Welt lebet, er werde einmal die Frau finden, die zu ihm passe, vielleicht auch eine Geschundene, der all seine Probleme vertraut seien, oder eine Ältere, die ihn bemuttern und seine Launen akzeptieren werde, eine reifere Frau, die mehr Verständnis aufbringe für sein Leiden und alle seine Obsessionen, für seinen Groll, für seine Unfähigkeit, nach vorn zu schauen und das Leben zu genießen. Francine hat recht, du magst ihre gutmütige Vernunft, gleichzeitig bist

du beleidigt, du dachtest, das ganze Verständnis der Welt würde in dir stecken.
Du gehst erneut zu Les Deux Pianos, wenn er spielt, ihr grüßt euch mit zwei Küssen auf die Wangen, wie alle hier, und sprecht kaum miteinander, wenn er sich in der Pause zu euch setzt. Eigenartig: Gerade weil er dich ausgestoßen hat, hast du kein Fremdheitsgefühl mehr. Einmal überraschst du ihn dabei, wie er dich ansieht, als du fröhlich mit Johann plauderst. Er wendet schnell seinen dunklen Blick wieder ab.
Ihr seht euch wieder im Kampfgetümmel einer Demo gegen den Vietnamkrieg. Der Protestmarsch, zunächst friedlich und geordnet, artet nach einer Stunde aus und gerät gewaltig durcheinander. Eingequetscht zwischen hunderten Studenten kannst du nicht erkennen, zu welchen Ausschreitungen es gekommen ist. Schreie und Rempeleien, einige machen kehrt, man stößt aneinander, du wirst hier und da herumgeschubst, gerätst in Panik, als die Polizei durch die Menge geht und mit Gummiknüppeln auf jeden einschlägt, jetzt wird auch Tränengas eingesetzt, und plötzlich taucht Henri auf, nicht weit von dir schwingt er ein Schild empor, das er fallen lässt, dann presst er sich ein Taschentuch auf die Nase, du versuchst vergeblich, dir einen Weg durch das Getümmel zu erzwingen, springst, gestikulierst, rufst, so laut du kannst, nach ihm, wirst aber zurückgeschoben, er hat dich nicht gesehen, er hat dich nicht gehört, du schlüpfst in einen Hauseingang, versteckst dich in einem Keller, deine Augen brennen, deine Glieder schmerzen, du zitterst. Wie lange hockst du da? Als Licht im Trep-

penhaus angeht, denkst du kurz, da kommt er, er hat dich doch bemerkt, ist dir gefolgt und holt dich ab. Die Concierge steht vor dir, die über das Studentenpack schimpfend dich wieder auf die Straße jagt.

Ein Sommer

Im Sommer fährst du zu deiner Familie zurück. Deine jüngeren Geschwister sind noch in der Schule, die Älteste schon im Beruf. Am liebsten gehst du allein auf Bergkämmen entlang, mit Sicht in tiefe Täler. Himmel, Felsen, Wiesen, Wasserfälle, die Pracht der Farben, diese vertraute Welt umarmt dich, wärmt dich, tränkt dich, singt dir Friedenslieder, Lebenslieder. Du schreibst Gedichte, du freust dich auf die Ankunft von Francine, Johann und Soon, die ein paar Wochen in deiner Nähe verbringen werden. Du verwandelst dich in eine Bergführerin und testest die Touren, die du ihnen vorschlagen willst.

Soon ist Chinese, kommt aber von den Philippinen, Johann aus dem Taunus, Francine aus Marseille, keiner von ihnen kennt die Alpen. Alle drei entdecken die Gipfel, schwitzen, keuchen, leiden und begeistern sich. Ihr verbringt eine Nacht in einer Berghütte auf 3200 Meter, du liegst neben Johann, ihr findet keinen Schlaf, kriecht langsam aufeinander zu, du riechst an seiner Brust, er an deinem Hals, und es passiert, was du im Grunde schon lange erwartet hast. Schweigsame Küsse und stille Liebkosungen mitten im Schnarchen, Grunzen, Husten, Winseln der schlafenden Bergsteiger, und du erwiderst das Streicheln, deine Hände zuerst ebenfalls leicht und zärtlich, eure Münder aufgeregt und dann beide in so unbeherrschter Lust, dass ihr im stummen Einverständnis von den Pritschen steigt und leise in die bestirnte Sommernacht entschwindet. Die Decken, die ihr mitgenommen habt, schützen euch kaum vor der Härte der Holzterrasse und vor der Kälte, ein schlafloser Raucher stolpert fast über euch und entschuldigt sich lachend, bevor er abzischt. Euer Liebesspiel wird unvollkommen bleiben, nicht nur wegen des rauchenden Tollpatsches, sondern auch, weil du Angst hast, schwanger zu werden. Trotzdem ist das der Anfang eures gemeinsamen Lebens.

Viel später und wieder im Schlafraum hörst du eine Gruppe von Alpinisten aufbrechen. Fünf Österreicher, hat Johann gesagt, und ein Bayer. Johann allein kann ihren Dialekt verstehen und er hat sich beim Abendessen mit ihnen unterhalten. Als Francine dir zugeflüstert hat, diese Sprache höre sich so hart und rau an, bist du (für dich selbst unerwartet) auf die Barrikaden gestiegen und hast gesagt, du verstehest zwar kein Wort, aber die Sprache sei schön, Francine sei nur von den Kriegsfilmen beeinflusst, in denen man *Heil Hitler!* brüllenden Offizieren zuhören müsse. Du bereuest, hast du gesagt, dass du sie nicht in der Schule gelernt habest, diese Sprache. Mensch, bist du verliebt!, lachte Francine. Die zwei Seilschaften der Deutschsprechenden machen sich jetzt auf den Weg zum Gipfel des Dôme de Neige des Écrins, eine mittelschwere Gletscherbesteigung auf 4000 Meter. Du selbst bist nach deinem nächtlichen Techtelmechtel mit Johann noch nicht eingeschlafen, du hörst die jungen Bergsteiger aufgeregt miteinander tuscheln, eine flackernde Stirnlampe beleuchtet kurz ein Paar, das sich umarmt, eine spöttische Stimme flüstert etwas auf Deutsch, was du für dich phantasievoll übersetzt: Eure Schmuserei bitte auf den Sonnenaufgang verschieben, jetzt geht's los. Im nächsten Jahr vielleicht, so denkst du, wirst du mit Johann auch mit einer Stirnlampe zum Gipfel steigen, wenn ihr euch die nötige Ausrüstung und einen Führer leisten könnt. Du hörst das regelmäßige Atmen von Johann und schläfst endlich glücklich und friedlich ein. Am nächsten Tag (den Sonnenaufgang habt ihr natürlich alle verpasst, der Himmel stechend blau) erzählt Soon beim Frühstück von seinem Nachttraum. Wir waren, sagt er, in einer eigenartigen Landschaft, Berg und Meer oder See, alles schwarz-weiß, helle Seerosen, wie man sie auf Bildern von Monet sieht, wir selbst lagen im Schilf wie auf der Lauer, als plötzlich Henri aus dem Wasser auftauchte und sang. Der Wind brachte uns die Melodie rüber und wir alle hielten die Hände in Richtung des Gesangs gestreckt, als könnten wir die Noten wie Bälle einfangen. Du gratulierst ihm zu seinem rätselhaften Traum. Soon magst du immer mehr, eine poetische Gestalt, die euch meistens schweigsam begleitet, ein leiser Triangelspieler in eurer Gruppe, wo Francine mit ihrer meridionalen und warmen Stimme die dominanten Akzente setzt. Soons Fistelstimme und sein Lispeln (Landsaft, swarz, Silf) lassen surrealistische Bilder entstehen, als sei diese Stimme für solche Träume vorherbestimmt oder umgekehrt. Du erinnerst dich an die schwarzen Blumen auf Henris Zimmertapete, als wären schwarze Seerosen aus seinem Kopf entschlüpft, und dich überfällt eine Melancholie, die Johann nicht entgeht. Indessen bewerfen sich Soon und Francine mit Schneebällen, wobei Francine Soon nie verpasst und Soon Francine stets verfehlt. Johann schießt Fotos vom Dôme und von euch, vor allem von dir. Ihr wollt euch jetzt auf den Rückweg machen, als du eine Silhouette bemerkst, die den schmalen Weg am Rand des Gletschers hinunterrennt, so schnell steigt sonst keiner hinunter, ganz allein, halsbrecherisch, ohne Seil. Dein Lächeln, da Johann gerade fotografieren wollte, erstarrt. Da oben ist ein Unfall passiert, sagst du, und in der Tat, als man die Schritte des Mannes auf dem Schnee knirschen hört und er euch bald darauf erreicht, fällt er erschöpft auf den Boden, spricht abgehackt, außer Puste, Hilfe holen, Spalte, abgestürzt, er spricht deutsch mit Johann, die Seilschaft von Uschi, die ganze Seilschaft. Johann hilft ihm hoch, ihr bringt ihn in die Hütte, der Wirt versucht, über Funk die Bergrettung zu erreichen, Johann dolmetscht, der Mann heiße Christoph Welter, auf dem Rückweg sei es passiert, vier- oder fünfhundert Meter von der Hütte entfernt, der Führer der Seilschaft sei auf einer Schneebrücke eingebrochen, die anderen habe er mitgerissen. In der Nähe der Spalte befinden sich noch die zwei Bergsteiger aus seiner eigenen Seilschaft, sie warten dort ab, um den Rettern Zeichen zu geben. Der Helikopter kommt, sagt der Hüttenwächter, er startet sofort. Christoph Welter entspannt sich und schluchzt jetzt hemmungslos, ihr bringt ihm Kaffee, Kekse, er sagt, die Spalte sei sehr tief, er habe ein Stück Jacke von Uschi erblicken können, aber seine Rufe seien unbeantwortet geblieben, sicher habe niemand überlebt. Du lässt Johann deine ermutigenden Worte übersetzen: Es sei nicht unmöglich, dass sie nur verletzt und bewusstlos seien, manche hätten schon einen Sturz in eine zwanzig Meter tiefe Spalte überlebt, wenn nicht zu viel Schnee sie begraben habe, im vorigen Sommer sei ein Bergsteiger gerettet worden, der auf einem Vorsprung innerhalb der Spalte hängen geblieben sei. Ihr hastet alle wieder nach draußen, als ein Hubschrauber eure Hütte überfliegt. Es folgen zwei qualvolle Stunden, bis der Helikopter zurückkehrt, es heißt im Funk, eine Frau sei geborgen worden, schwer verletzt, aber lebend, Uschi, murmelt Christoph, die anderen seien tot, man würde sie später bergen. Die zwei anderen, sagt Christoph, sind Ulrich, Uschis Bruder, und ihr Freund Michael. Wahrscheinlich hast du heute Nacht Ulrich gehört, der Uschi und Michael abmahnte, sie sollten sich beeilen, man breche auf. Eine Stunde später erscheinen die zwei Männer aus Christoph Welters Seilschaft. Sie wollen mit euch in das Tal heruntersteigen und dann sofort nach Grenoble fahren, dort hat man Uschi in die Uniklinik gebracht. Ihr müsst gut fünf Stunden hinunterlaufen bis zum Parkplatz. Christoph und seine Freunde stolpern immer wieder, erschöpft. Vor sich die Gesichter der Verletzten und der Toten, die tiefe Spalte, die ihr Leben in ein Vorher und ein Danach teilen wird. Auch ihr seht die Schönheit des Reliefs nicht mehr, auch später, auf dem bequemeren unteren Weg, lassen euch die

Rhododendren und andere Blumen gleichgültig. Es ist ein fünfstündiger, fast wortloser Trauermarsch, mit einer kurzen Trink- und Verschnaufpause. Ihr trennt euch am Parkplatz, tauscht Adressen, Telefonnummern. Christoph und seine Freunde steigen in einen kleinen VW-Bus. Daneben parkt ein in Klagenfurt gemeldeter Käfer, der vorläufig hierbleiben muss. Der Schlüssel steckt in der Tasche eines Toten.

Ihr fahrt zu deinen Eltern, die Johann, Soon und Francine zum Abendessen eingeladen haben. Als ihr deinen Eltern von dem Unfall erzählt, fragt dein Vater nach der Herkunft der Verunglückten. Du sagst, sie seien Österreicher, auch ein Deutscher sei dabei gewesen. Ach, macht dein Vater und klingt sehr erleichtert, ich hatte schon befürchtet, es seien Franzosen aus unserer Gegend. Johann und du schaut euch an. Du schämst dich für deinen Vater. Später wird er dich fragen, wieso du dich nur mit Ausländern abgebest. Eine gute Frage, sagst du, ich werde darüber nachdenken. Diese Antwort klingt ein wenig drohend, aber dein Vater versteht nicht, was du meinst.

Ein Winter

Er ist wieder zu Hause und schreibt dir oft. Die Briefe reisen hin und her, eine Partie Pingpong auf Abstand, kaum ist deiner angekommen, wird er beantwortet und zur Post gebracht. Ihr schreibt von eurem Alltag, von eurer Hoffnung, euch in den Semesterferien zu treffen, liebevolle Dinge, briefliche Liebkosungen, schüchterne erotische Andeutungen. Du schickst ihm kleine Gedichte und Zeichnungen, Literaturempfehlungen. Er legt seinem Brief ein rotes Baumblatt bei, die letzte gepresste Blume vor dem Winter, er küsse dich in jeden Winkel deines Körpers. Eure Gedanken ranken sich aneinander in dieser kalten Zeit und machen sie euch erträglich. Er hat eine gut leserliche Schrift, kerzengerade, deutliche Buchstaben. Dein Kritzeln ist gedrängt, unregelmäßig, unausgeglichen. Manchmal spielt sich in deinem Kopf dieses fürchterliche Szenario ab: Er macht dir etwas vor, du bildest dir etwas ein, alles ein böses Spiel. Oder wie wäre es, wenn eure Liebe nur eine Vorstellungsvariante von Liebe wäre? Angelernt, nachgeahmt, seit Jahrhunderten in der Literatur überliefert? Muss man lieben? Ist die Liebe eine Zivilisationserscheinung? Das glänzende Geschenkpapier um den Sex herum? Ist Liebe ein obligatorischer Übergang, um sich als Erwachsener zu fühlen? Das aufflammende Ende der Unschuld und der Kindheit? Das geschmückte, trügerische Portal zur grauen Routine der Ehe, der Familie, der Arbeit? Bei solchen Gedanken wird dir schwindelig. Und: Warum sollte man nur einen Mann lieben und nicht zwei oder mehrere, sogar gleichzeitig? Du schreibst ihm, du wollest mit ihm leben, aber du könnest ihm nicht versprechen, dass du ein Leben lang nur ihn lieben werdest. Der Mensch wandle sich immer wieder, von anderen Menschen beeinflusst oder sogar erfunden. Johann antwortet, er liebe dich, er werde dich immer lieben, egal, was passiere.

Henri spielt weiter in Les Deux Pianos, wo du öfter einkehrst. An einem Abend feierst du deinen Geburtstag, du bist zwanzig geworden, damals noch nicht volljährig. Henri spielt. Soon und Francine diskutieren leise über Bewusstseinszustände. Francine sagt, wenn sie Theater spiele, befreie sie sich von sich selbst, auf der Bühne sei sie endlich eine andere, sie könne sich von sich selbst erholen, mein Ich ist zusammengeschrumpft, sagt sie lachend. Es wäre besser, sagt Soon, du könntest die Rolle eines Tieres oder noch besser eines Baums spielen und deine Wurzeln tief in der schwarzen Erde einpflanzen und deine Blätter hoch in der Luft surren hören. Man befreit sich nicht vom Menschen, wenn man einen anderen Menschen spielt, man begibt sich nur empathisch in eine andere Stufe der Menschheit. Vielleicht, kontert Francine, aber man reflektiert wenigstens nicht über sich und sein Leben, die eigenen Probleme treten in den Hintergrund, das ist doch schon was, oder? Man verabschiedet sich für zwei Stunden

von seinem Ich-Ich-Ich. Wenn Henri Klavier spielt, sagt Soon, dann kann ich mir denken, dass er sich in der Musik verliert und dass er einen Augenblick in den Sternen verweilen kann. Und er nimmt uns in höhere Sphären mit. Ach, sagt Francine, du mit deinem Henri! Sie klingt leicht ironisch oder verärgert. Du hörst deinen Freunden zu, ohne am Gespräch teilzunehmen. Um wie Francine ein anderer Mensch zu werden, müsstest du zuerst wissen, was für ein Mensch du überhaupt bist. Du wirst Johann in deinem nächsten Brief fragen, was für ein Mensch du seist, vielleicht wird er es dir sagen können. Er antwortet, ich liebe dich, mein Mädchen. Was bist du für ein Mädchen? Du bist ein Mädchen?
Am Ende des Abends seid ihr, Henri und du, allein am Tisch und im Lokal. Er ist leicht angetrunken, scheint dir wieder wohlgesinnt zu sein und spricht offen über die Verhaftung seiner Eltern und ihren Widerstand gegen die deutsche Besatzung. Sie gehörten zur Widerstandsbewegung Libération-Sud. Mein Vater, erzählt er, ist in das Gefängnis des Fort Montluc gebracht worden, er ist tagelang gefoltert worden und mit siebenhundertachtzig weiteren Gefangenen am 21. August 1944 in Bron erschossen worden, und das kurz vor der Befreiung. Meine Mutter war im Frauengefängnis Saint Joseph interniert – kannst du dir vorstellen, dass dieser Ort den Namen eines Heiligen trägt? –, sie ist dort ebenfalls gefoltert worden, bevor sie deportiert wurde.
Du weißt, man kann niemanden trösten, der seine Eltern auf diese Weise verloren hat. Du hörst weiter zu. Das ist es

auch, was er will, dass du zuhörst. Er erzählt von den Greueltaten, die Ende 1944 von der SS begangen wurden, dem Massaker von Oradour und den Gehängten von Tulles. Er fährt mit der Hand durch sein Haar, reibt sich an der Nase, am ganzen Gesicht: Ich weiß nicht, warum ich dir davon erzähle, murmelt er, ich verderbe dir deinen Geburtstag. Der ist unwichtig, sagst du, und in der Tat ist dir dieser Geburtstag unwichtig. Du wünschst dir, ein Jahr älter zu sein, damit du ohne väterliche Genehmigung über die Grenze nach Deutschland kannst. Hast du noch oft Kontakt zu Johann?, fragt Henri. Ja, wir möchten zusammen leben, sobald wir mit dem Studium fertig sind. Henri bleibt kurz still und wirkt kurzatmig, als er fragt: Möchtest du wirklich in Deutschland leben? Was weißt du schon von Johanns Familie? Einiges, sagst du, Vater Apotheker, Mutter Hausfrau, eine jüngere Schwester, die noch in der Schule ist. Eine nette Familie, grinst Henri, und du magst dieses Grinsen nicht. Er schaut dir in die Augen: Und weißt du, was sein Vater im Krieg gemacht hat? Nein, genau weiß ich es nicht, nur, dass er ein Soldat der Wehrmacht gewesen ist, wie die meisten seiner Generation. Und das stört dich nicht?, insistiert Henri. Du seufzt: Nein, das stört mich nicht, Johann ist 1940 geboren und er kann wirklich nicht für die Verbrechen der Nazis verantwortlich gemacht werden. Natürlich nicht, sagt Henri mit einem nicht ganz ehrlichen Lächeln, natürlich nicht, ich kann aber nicht umhin, immer und immer und immer daran zu denken. Er senkt den Kopf, Erschöpfung, Traurigkeit, Scham vielleicht. Du nimmst seine Hand und streichelst sie. Du musst dein eigenes Leben leben, Henri, denk an deine Musik, denk an dein Talent, denk an alles, was du machen kannst und sollst, dein Studium absolvieren, spielen, komponieren – Henri hat angefangen, eigene Stücke zu komponieren –, du wirst auf größeren Bühnen auftreten. Hör mit dem Gefasel auf, sagt er genervt und nimmt seine Hand weg. Du spürst selbst, dass deine Worte hohl klingen, ein Gefasel, das ihm schon hundertmal serviert wurde, auch von seiner Großmutter. In der Tat hebt er jetzt wieder das Gesicht, die Augen feurig, provokant. Dir fallen zwei Stirnfalten auf, die du bis jetzt nie an ihm bemerkt hattest. Es tue ihm leid, dass er unglücklich sei und mit seinem Missmut auch andere störe, die sich nach Friede, Freude, Eierkuchen sehnen, er könne nichts dafür, so sei er nun mal. Du widerstehst der Versuchung, wieder seine Hand anzufassen. Jeder hat dich gern, niemanden störst du, jeder will dich lieben und verstehen, versicherst du. Und du erzählst von Soon, der sich Gedanken über ihn, Henri, mache und dessen Träume sich öfter um den schwierigen Freund drehten, Kreise und Wasser seien Leitmotive von Soons Träumen, Henri tauche öfter in einer Wirbelbewegung auf. Du wiederholst mit fester Stimme: Niemanden störst du, und kicherst, wir sind viel zu egoistisch, um uns stören zu lassen, das weißt du doch. Er lächelt ein bisschen entspannter, aber gleich fragt er dich schroff, was Johann mehr habe, was er selbst nicht habe. Er hat viel weniger, sagst du – du meinst: weniger an Talent, an Brillanz, an Problemen, an Tiefe –, vielleicht deshalb.

Der Wirt wirft euch raus, er will ins Bett. Und da du den letzten Bus verpasst hast, begleitet dich Henri zu der kleinen Wohnung, die du dir in diesem Jahr mit Francine teilst. Du schlägst ihm vor, auf der Wohnzimmercouch zu schlafen. Du wälzt dich noch lange in deinem Bett. Das Gefühl, nicht wirklich zu existieren, gründet vielleicht darin, dass du keine Geschichte hast, du hängst in der Luft wie eine erdlose Pflanze, du weißt nichts von der Herkunft deiner Mutter, und dein Vater scheint nicht wirklich zu seiner Familie zu gehören, diese Lyoner Familie hat nur das Gewicht ihrer Möbel und ihres Schmuckes, dein Vater wurde als Baby zu einer Amme, dann zu einem Kindermädchen, dann ins Internat geschickt. Er spricht kaum über seine ungeliebte Kindheit. Er erwähnte einmal die Kämpfe im Internat, wo man den Stärkeren unterlegen war und Hunger litt, weil sie einem das Essen wegnahmen. Und, liebe Tochter, man stocherte nicht in seinem Essen, wie du es eben machst. Du kannst dir jetzt vorstellen, dass dieser Mann, das ehemalige ungeliebte Kind, sich seiner Existenz erst im Sex mit deiner Mutter vergewissert hat. Deine Mutter ist seine Selbstbestätigung, seine Kinder sind die fünf Pfeiler eines Zauns, sein Pré carré. Später, mit weit über vierzig, wirst du Verständnis für seine Lustlosigkeit, seinen Zorn, seine Altersdepressionen haben.

Als du morgens aufwachst, liegt Henri in Francines Bett, und beim Frühstück habt ihr alle drei dunkle Ringe unter den Augen, Francine strahlt, Henri schweigt nachdenklich, du versuchst zu plaudern. Es ist Sonntag und Henri schlägt euch plötzlich vor, eine exklusive Touristentour in

Lyon zu machen, er wird den Führer spielen. Ich habe mich die ganze Zeit gefragt, was ich dir zum Geburtstag schenken soll, kleine Louise, jetzt weiß ich es: Du kriegst eine Stadtführung von einem waschechten Lyoner! Francine und du freut euch, ihr seid sehr gespannt. In der Rue de la République steht ihr vor dem prächtigen Eingang der Zeitung *Le Progrès*, Henri erklärt euch wie beiläufig, dass ein Teil der Miliz 1943 dort sein Quartier gehabt habe. Als ihr in der Impasse Cathelin ankommt, erläutert er zuerst, dass Felix Cathelin ein Seidenfabrikant im 19. Jahrhundert gewesen sei, dann macht er interessante Bemerkungen über die Architektur des 19. Jahrhunderts und bleibt vor der Nummer 5 stehen. Hier hätten einige Räume während der deutschen Besatzung ebenfalls der Miliz gehört, es sei das Quartier des Kollaborateurs Paul Touvier gewesen, der dort ein Gefängnis für die politischen Gefangenen und die Juden eingerichtet habe. Francine möchte weitergehen, aber Henri hält sie am Arm fest: Sieben Juden verbrachten dort die Nacht vom 29. Juni 1944, bevor sie in Rilleux erschossen wurden. Sieben Juden. Hier. Ihr dürft weitergehen und befindet euch dann in der Rue Sainte Hélène, wo die Franc-Garde, die Armee der Miliz, sich in der Nummer 10 niedergelassen hatte. Francine und du versteht jetzt, dass diese Führung eine thematische Erinnerungsführung an die Besatzungszeit sein wird und dass es kein Entkommen gibt – nicht ohne Streit. Also fügt ihr euch, schließlich bietet dir Henri endlich die Gelegenheit, dich mit dieser Vergangenheit auseinanderzusetzen, von der dir niemand erzählt hat. Du hast zwar wie jeder von den Verbrechen Klaus Barbies und von dem Widerstandskämpfer Jean Moulin gehört, aber noch nie Lyon, die Stadt, in der du studierst, als Schauplatz von Krieg und Besatzung betrachtet. Allerdings weißt du auch, dass Henri dich nicht nur darüber unterrichten will, du weißt, dass diese Aktion nicht nur stattfindet, weil diese Zeit ihm und seiner Großmutter das Liebste geraubt hat, nein, er will dir eine Lektion erteilen, er tut es, weil er dich von deiner Liebe zu Johann abbringen will. Du möchtest ihm zuhören, du willst ihm den Respekt erweisen, der ihm und seinem Kummer gebührt, gleichzeitig findest du ihn unmöglich und böse, bei jedem Tritt schwillt dein Groll an, und dein Groll hindert dich daran, dich zu konzentrieren. Er bringt euch zum Hauptbahnhof, la Gare de Perrache. Dort betrachtet ihr das Hotel Terminus, wo die Gestapo ihr Hauptquartier errichtet hatte. Henri spricht laut, viel lauter als sonst, als sei er ein Reiseführer mit einer Gruppe von Touristen. Seine Worte kommen dir undeutlich, verwaschen vor, von weitem angereist. Einige Fußgänger aber bleiben stehen und hören ihm zu. Die Miliz, sagt Henri, war das Hilfsorgan der Gestapo, wisst ihr eigentlich, wie viele Mitglieder die Miliz in dieser Region hatte? Über tausend, sagt eine alte Stimme hinter uns. Ihr dreht euch zu dem Greis um, der hinzufügt: Viel zu wenige sind nach der Besatzung exekutiert worden. Und heute hüllen sich alle in Schweigen. Du merkst, wie Henri zögert, ihn anzusprechen, er macht einen Schritt auf ihn zu, hält inne, zögert zu lange, denn der alte Mann geht schon weiter. Es folgen weitere Orte, wo euer Freund die Verbrechen von Klaus Barbie und der Miliz erläutert. Seine Stimme wirkt noch härter, seit der Alte verschwunden ist. Er bereut sicher, ihn nicht nach seinem Namen gefragt zu haben. Du kannst dir vorstellen, dass jeder Mann, der mit der Résistance zu tun hatte, ihm vielleicht von seinem Vater erzählen könnte. Ihr geht weiter. Deine Beklommenheit wird von Station zu Station größer. Du möchtest am liebsten nach Hause, aber Henri besteht darauf, in einen Bus zu steigen und zum Casino Les Charbonnières zu fahren. Von dort aus wurde unter anderem der Funkverkehr der Résistance abgehört und Henri unterrichtet euch unermüdlich weiter: Als Dr. Knab als SS-Standartenführer Regionalkommandant von Lyon war, konnten Klaus Barbie und die Sektion 4 der Gestapo sich ganz frei ihrer Jagd auf Widerstandskämpfer und Juden hingeben. Foltern, töten, deportieren, das war ihr Job. Henri schaut dir gerade in die Augen, als er diesen Satz ausspricht. Es würde dich kaum wundern, wenn er dich jetzt als Kollaborateurin beschuldigen würde. 7000 Juden, sagt er noch, in die Zeit von Paul Touvier fallen die Deportation und die Ermordung von 7000 Juden und Widerstandskämpfern.

Du wirst dich immer an diese Führung von Henri erinnern und an deine Verlegenheit. Warum hat die Generation deiner Eltern und deiner Großeltern so wenig vom Krieg erzählt? Wahrscheinlich, weil sie nie zur Résistance gehörten, sondern passiv und ängstlich darauf gewartet haben, dass diese Zeit vorüberging. Und warum hast du selbst so wenig gefragt? Diese junge, erst zwanzigjährige

Vergangenheit war für dich fast so weit entfernt wie die Enthauptung von Ludwig dem Sechzehnten.
Johann liebst du jetzt noch mehr. Du stellst dir vor, welche Scham ihn vor jeder Gedenktafel in Frankreich quälen muss.

Der Brief deines Vaters

Du verkündest deinen Eltern, dass Johann und du zusammen leben möchtet, und erhältst einen väterlichen Brief, den ersten und den letzten deines Lebens, denn gern schreibt dein Vater nicht.
Meine liebe Louise, erklärt er, ich weiß nicht, ob du dir vorstellen kannst, welche Enttäuschung dein Brief uns bereitet hat. Wir haben diesen jungen Mann im Sommer kennengelernt und fanden ihn freundlich und gut erzogen. Erfreulich ist auch, dass er unsere Sprache so gut beherrscht und dass er bald ein zukunftssicherndes Studium abschließen wird. Er ist aber ein Deutscher. Und wir können uns keinen Deutschen in unserer Familie vorstellen. Im Krieg wäre ich beinahe von deutschen Soldaten umgebracht worden, ich verdanke es nur einem Geistesblitz und einem gewissen Mut, dass ich noch am Leben bin und dich und deine Geschwister großziehen konnte.
Es gibt über fünfzig Millionen Franzosen, liebe Louise, darunter befindet sich bestimmt ein junger Mann, der dich eines Tages glücklich machen wird. Warum soll es unbedingt ein Ausländer sein? Außerdem bist du sehr jung und musst dich noch nicht fürs Leben binden. Du hast noch keine Lebenserfahrung gesammelt, wie ein Backfisch fällst du auf den Erstbesten herein, der dir einen

Antrag macht. Ich wähnte dich nicht so konventionell, dass du mit zwanzig heiraten möchtest. Wir hoffen also, dass du deine Pläne überdenken wirst, ja, dass du es dir besser überlegst. Du hast dein Studium nicht mal beendet, in zwei, drei Jahren sieht die Welt für dich vielleicht ganz anders aus. Du weißt noch gar nicht, was du aus deinem Leben machen kannst, machen willst. Wir zählen auf deine Vernunft, mit lieben Grüßen, deine Eltern.

Du liest den Brief in trüber Stimmung mehrmals, wunderst dich, dass dein Vater, der immer bescheiden und diskret gewesen ist, sich mit seinem eigenen Abenteuer brüstet, aber nicht die Grauen der Besatzungszeit erwähnt. Du antwortest, dass du deine Entscheidung, die auch Johanns Entscheidung sei, niemals infrage stellen werdest. Du schreibst, dass du noch nicht von einer Heirat gesprochen habest, aber dass du schon in den Osterferien nach Deutschland fahren möchtest, um Johanns Familie kennenzulernen. Ein Dorf bei Frankfurt sei nicht das Ende der Welt.

Es folgt ein Hin und Her von Telefonaten und Briefen. An deinem Entschluss ist nicht zu rütteln, deine Eltern verstehen, dass ihre bis jetzt so gehorsame Tochter sie vor die Wahl stellt, sie zu verstoßen oder ihre Liebe zu einem Deutschen zu akzeptieren. Eine vorläufige Laune, hofft der Vater. Louise hat sich Hals über Kopf verliebt, das geht irgendwann vorbei, tröstet er sich. Vielleicht, sagt die Mutter. Vor allem erhältst du Beistand von der lesbischen Lehrerin. Du pflegst zu dieser Zeit noch eine Brieffreundschaft mit ihr, erzählst ihr regelmäßig von deinen Sorgen.

Sie geht zu deinen Eltern, erklärt ihnen, dass ein neues Europa entstehe und dass sie dich nicht verlieren werden. Dein Vater hat immer Angst vor dieser männlichen Lehrerin gehabt, die wie er Mitglied im Alpenverein und dazu noch eine ganz hervorragende Alpinistin ist. Ob er weiß, dass sie lesbisch ist? Dass es zwar amourös zwischen euch war, aber dass sie nie versucht hat, dich zu verführen? Merkt er, dass sie selbst jetzt, wo du bald volljährig bist, auf dich verzichtet, dass sie wirklich auf dein Glück erpicht ist? Bemüht er sich, ihre Argumentation nachzuvollziehen, man könne sich schlimmere Alternativen für deine Zukunft vorstellen, als einen anständigen Deutschen zu heiraten? Ob er sich sagt, besser mit einem Deutschen als mit einer Lesbe? Oder besser mit dem Deutschen als mit dem Chinesen? Oder besser mit einem Deutschen als allein und schwanger? Oder überlegt er sich, dass er ja schließlich noch genug heiratsfähige Töchter habe? Oder ist er versöhnlicher, weil er an einem Sonntag, nach einer Gipfeleroberung, alles Irdische als Lappalie empfindet? Deine Mutter ruft dich an und erzählt, dass der Vater sich habe besänftigen lassen, dass du Ostern nach Deutschland dürfest, um Johanns Eltern kennenzulernen, Louise, dein Vater wird dir sogar ein bisschen Geld für die Reise schicken, du sollst aber vernünftig sein. Vernünftig?, fragst du grausam, denn du weißt genau, was sie meint. Sie redet eine lange Minute um den heißen Brei herum, Mädchen, sagt sie endlich, die sich vor der Ehe hingeben, werden nicht geheiratet und tragen ihr Leben lang einen Makel. Ihre Stimme klingt sanft und traurig, du siehst sie vor dir, wie sie in Abwesenheit deines Vaters (der wahrscheinlich wieder unter dem blauen Himmel auf irgendeinem noch verschneiten Berg mit steigfellbewehrten Skiern herumwandert und damit den eigenen Kopf von den Sorgen um seine Töchter befreit) ins Telefon spricht, die Schnur um ihren Finger gerollt, dann den Hörer sanft auf die Gabel zurücklegt, wieder zu ihrem Stuhl am Fenster geht, weiterstrickt und von einer Hochzeit in Weiß für ihre Tochter träumt, egal, ob mit einem Deutschen oder einem Franzosen, Hauptsache in Weiß. Sie lege auf, da ein Gewitter aufkomme, es sei gefährlich zu telefonieren, sie umarme dich fest, bis bald, ma chérie.

Der Brief von deinem Vater hat dich doch getroffen. Sein Ressentiment hattest du nicht erwartet, weil das Thema Krieg in der Familie so selten erwähnt, niemals ausführlicher oder tiefer besprochen wurde. Seine Abneigung gegen die Deutschen wird sich legen, sobald er im Sommer darauf Johanns Eltern kennenlernt, ihren großen Opel, ihre große Apotheke, das gute Französisch des Vaters, sobald also sich das Bündnis des Bürgerlichen über die Grenzen hinweg schließt. Dein Vater ist kein Mensch, der sich zu lange um eine Tochter Sorgen macht. Seine Antwort war nur ein Tribut an die Weltgeschichte. Er hat dir mitgeteilt, was ein französischer Vater der abtrünnigen Tochter mitteilen muss, die sich mit einem ehemaligen Feind liiert. Ein Satz jedoch hat dich ins Wanken gebracht, wenn auch nur kurz: Warum muss es ein Ausländer sein? Diese Frage hat etwas in dir aufgedeckt. Ein Ausländer ist ein Außenseiter. Du hast dich immer so gefühlt:

als nicht dazugehörend. Du wirst in Deutschland eine Ausländerin sein. Ist das nicht die ideale Identität, die du dir in der Klosterschule, zu Hause, in den Bergen, an der Uni angeeignet hast und dir als offizielles Statut weiterhin wünschst? Ein Fuß drinnen, ein Fuß draußen, dazugehören, aber doch anders sein. In Deutschland bist du eine Extrawurst. Dieses Wort wirst du bald lernen.

Die Ostereier

Du kannst es kaum fassen. Du bist jenseits der Grenze, du bist in Deutschland. Johann wird dich am Bahnhof abholen. In dir ein Freudentaumel. Du schaust so übermütig, dass eine Dame, die dir im Abteil gegenübersitzt, dein Mitteilungsbedürfnis spürt und etwas zu dir sagt, das du nicht verstehst, dich anlächelt. Du entschuldigst dich auf Französisch, dass du kein Deutsch sprechest. Sobald du mit deinem Studium fertig bist, musst du beginnen, diese Sprache zu lernen. Die Landschaft, die vor deinen Augen vorbeizieht, ist für eine Alpenbewohnerin nichts Besonderes, mal dicht bewohnt, mal flach und eintönig, aber du bist fest entschlossen, sie wenigstens nuanciert zu finden, die verschiedenen Grüntöne zu unterscheiden, hier und da ein Teich oder ein kleiner Fluss, ein Aquarell eben, dieses Flachland, und der breite, graue Himmel mit den vielen übereinanderreitenden Wolken. Trotzdem wächst in dir ein Gefühl der Unendlichkeit, dein Leben öffnet sich, ein Ende ist unvorstellbar, deine Seele ist wie diese Mühle da draußen, ach ja, eine echte Mühle mit Flügeln, die sich im Wind drehen, die immer neue Liebesfunken mahlen und in die Welt versprühen. Die Liebe und vor allem die Erwartung der Liebe verwandelt alles, das Relief, die Farben, die Bedeutungen, auch die Worte selbst, dann erst entstehen Gedichte. Und die Kinder, die am Bahnübergang dem Zug winken, diese deutschen Kinder sind schwingende Botschafter des Landes, in dem du jetzt tatsächlich unterwegs bist.

Am Ende des Gleises steht ein dünner Mann, der die Arme ausstreckt und alle anderen Wartenden in den Hintergrund drängt. Ihr rennt, zittert, glüht, ihr springt, lacht, küsst, und nach der innigen Umarmung sprudeln die ersten Worte des Glücks heraus: Wie schön ist es, dich wiederzusehen, wie schön, wie schön, ich bin glücklich, ich auch, je t'aime, ich liebe dich.

Du entdeckst ein weißes Haus mit einem spitzen Dach, du entdeckst ein Zimmer mit einem Federbett oder Plumeau (du kennst nur Betttuch und Wolldecken), du entdeckst eine Oma, eine junge Schwester namens Martha, die dir zuflüstert, die Oma sei durcheinander (elle est gaga) und sie nenne sie deshalb Amo oder Moa, Johann schimpft mit ihr, sagt, Martha sei frech und wolle sich immer interessant machen. Frech?, fragst du. Fraîche? Nein, frech ist nicht frisch, frech heißt insolente, une petite merdeuse, ma sœur, le diable en personne, der Teufel in Person. Du entdeckst die Eltern, ihre Freundlichkeit. In dieser Familie versteht jeder deine Sprache, vor allem der Vater, der ein makelloses, fast akzentfreies Französisch spricht, auch Johanns Mutter kommt gut zurecht, sie hat jahrelang einen VHS-Kurs besucht und sagt, dass Edith Piaf ihre Lieblingssängerin sei, sie trällert für dich *Non, rien de rien, non, je ne regrette rien…*, und Martha, die kleine Schwester (fünfzehn Jahre alt, sieben Jahre jünger als Johann), lernt seit drei Jahren Französisch. Du entdeckst das Kaffeetrinken, das, sagt dir Johann, fast eine tägliche Angelegenheit bei der Familie sei, es verblüfft dich: Gibt es Leute, die jeden Tag Kuchen essen? Du entdeckst, dass man abends kalt isst, eine Art Picknick, manchmal mit Heringen, meistens mit Wurst und Käse. Dann entdeckst du den Wald, denn Johanns Familie wohnt am Wald. Wer im Wald spazieren geht, braucht keine Berge, die hohen Bäume ersetzen sie, die Tannen, die Buchen, die Kastanienbäume. Etwas abseits hinter den Büschen liebt ihr euch, hoffend, dass niemand euch auflauert.

Du verstehst dich gut mit Oma-Amo, die dir beibringt, wie man Bettwäsche zusammenfaltet, und lacht, wenn du das Geschirr spülst und mit klarem Wasser nachspülst. Liebes Mädchen, sagt sie. Martha macht sich darüber lustig: Liebes Mädchen, sagt jetzt auch sie, wenn eure Wege sich kreuzen. Du wirst den Nachbarn vorgestellt. Es sind ganz andere Menschen als die meist dunkelhaarigen und drahtigen Bekannten deiner Eltern oder auch als deine preziöse Lyoner Familie. Viele Paare sind kräftig, das Gesicht rötlich, die Männer haben einen hohen Haaransatz, überall wird Kuchen mit Sahne angeboten. Eine fremde Welt, eine unwirkliche Bühne. Du verstehst kein einziges Wort, lächelst dumm und immerzu. Johann drückt seine Hand auf deinen Schenkel unter dem Tisch, allein diese Berührung ist real. Auch für ihn? Seine Finger bohren sich in dein Fleisch wie ein Anker.

Man küsst sich nicht, sondern reicht sich die Hand. Auch den Eltern. Dass Johann seinen Vater und seine Mutter kein einziges Mal umarmt, überrascht dich sehr. Du gibst dich mit der Erklärung zufrieden, man habe sich gern, aber Berührungen seien mehr oder weniger unüblich, höchstens unter Ehe- und Liebespaaren könnten physische Annäherungen vorkommen. Nur die kleine Schwester, die einmal gut gelaunt das Esszimmer betritt, als alle schon am Tisch sind, umarmt ihre Mutter von hinten und gibt ihr einen flüchtigen, fröhlichen Kuss auf die Schläfe. Erst ein halbes Jahrhundert später wirst du dich intensiv mit der Erziehung der Nachkriegskinder beschäftigen. Aber schon bei diesem ersten, österlichen Aufenthalt bei deinen zukünftigen Schwiegereltern versuchst du ein bisschen mehr von Johanns Kindheit zu erfahren. Er erzählt immer knapp, ja, sein Vater sei sehr streng gewesen, mit ihm vor allem, er habe schon manche harte Tracht Prügel erhalten, schuld daran aber sei seine Mutter, eine Petzerin, sie habe ihn nie selbst bestraft, sondern dem Vater immer von seinen kleinen Vergehen erzählt und den Sohn gewarnt: Abends werde er schon sein blaues Wunder erleben. Den ganzen Nachmittag habe er auf seine Strafe warten müssen, eine doppelte Quälerei. Dies erzählt Johann dir in kindlichem Ton, du bist gerührt. Johann erlebt seine Mutter noch immer als Petzerin, als Denunziantin.

Am feuchten Ostersonntag sucht ihr zusammen gefärbte Eier im Garten (niemand findet das albern), und Johanns Eltern schenken dir einen seidenen Schal. Sie haben dich sofort adoptiert. Du magst sie auch, den Vater mit den weißen Haaren, den glänzenden, schwarzen, ein bisschen listigen Augen, du magst seinen Humor, die Ruhe, die er ausstrahlt, wenn er in einem Sessel liest und Pfeife raucht, die blonde Mutter mit der faltenfreien Haut und den blauen Augen, die Klavier spielt und Lieder singt und dich als ihre baldige Schwiegertochter stets anlächelt, ihrem Sohn wiederholt, wie süß seine Freundin, wie charmant seine kleine Französin sei, wie froh sie seien, dass ihr euch getroffen hättet. Du wirst in den nächsten Jahren feststellen, dass charmant das meistgebrauchte Adjektiv für Französinnen – und sogar für Franzosen – ist, was selten von Engländerinnen oder von Türkinnen behauptet wird, du lernst deine ersten deutschen Worte, bitte, danke, schön, ich liebe dich, ich heiße Louise, und bekommst auch sofort einen charmanten Akzent. Du lernst auch das Wort Schmuddelwetter, das eines deiner Lieblingswörter in der neuen Sprache wird.

Der Besuch

Deine zukünftigen Schwiegereltern erhalten selten Besuch. Einmal meldet sich ein Ehepaar bei Johanns Familie und trifft kurz danach ein. Herr und Frau Rosenberg sind deutsche Juden, die jetzt in New York wohnen, aber in Frankfurt noch eine Wohnung besitzen. Sie seien Auschwitz-Überlebende, flüstert dir Johann zu. Sein Vater habe ihnen nach dem Krieg Englisch beigebracht. Sie handeln mit Schmuck und Diamanten und besuchen bei jedem Deutschlandaufenthalt Johanns Familie. Der Mann ist sehr dick, er futtert ziemlich alles durcheinander, trinkt eine Menge Bier, Wein und Schnaps. Die Eltern stellen dich als die Verlobte ihres Sohnes vor. Johanns Vater spricht jeden Satz doppelt, Französisch, damit du dich nicht ausgeschlossen fühlst und alles mitkriegst, Deutsch, damit die Gäste ihn verstehen; er übt dieses Wechselspiel mit großer Gewandtheit aus, als wäre er kein Apotheker, sondern Simultandolmetscher, und du schätzt und bewunderst diesen Mann immer mehr, der versucht, dich ins Gespräch hineinzuziehen. Plötzlich steht Frau Rosenberg auf, sie löst ihre Perlenkette und schließt sie um deinen Hals. Die Emotion, die dich durchfährt, ist so aufwühlend, dass du, fassungslos, nicht wissend, was mit dir passiert, aus dem Zimmer fliehst, und im

Flur vor dem Spiegel kugeln dir Tränen über die Wangen. Du hast noch nie ein so wertvolles Geschenk bekommen. Natürlich rührt dich die Großzügigkeit der Geste an sich, eine Großmut dieser Art hast du bei deinem sparsamen Vater nie erlebt. Ja, und die verwirrenden Gedanken und Gefühle, die sich um diese Kette ranken: Du wirst geehrt, inthronisiert, diese Kette ist ein Verlobungsring, eine Fremde führt dich in diese fremde Familie hinein. Du staunst, dass diese Juden, die so Grausames erlebt haben, jetzt ohne Groll Kaffee und Schnaps mit einer deutschen Familie trinken. Im Spiegel neben dir taucht Henris Großmutter auf. Ja, du siehst die Perlenkette um den Hals der eleganten Dame, die dich bei deinem ersten Besuch so beeindruckt hat. Du berührst die Kügelchen an deinem Hals und ein Gedanke erleuchtet die schwarze Kammer, die Henri in dir geöffnet hatte: Die warme Freundschaft dieser Juden für Johanns Familie ist ein Garant dafür, dass seine Eltern sich nichts vorzuwerfen haben. Du wirst Henri davon erzählen.

Johann kommt zu dir, sagt, pass auf, was jetzt passiert, gleich erbricht sich unser Freund. In der Tat hat sich Herr Rosenberg innerhalb kurzer Zeit überfuttert und hoffnungslos betrunken. Es ist ihm so schlecht, dass er durch den Flur rennt und sich ganz schnell übergeben muss. Das tut er nicht in die Toilette, sondern in das Waschbecken des Bades, das er damit verstopft. Johann kümmert sich um den Schlamassel, es ist jedes Mal so, sagt er, säubert das Becken und bürstet sich dann sorgfältig die Nägel.

Herr Rosenberg kommt zu seinen deutschen Freunden, um sich über die Maßen vollzustopfen und auszukotzen. Das erzählst du Henri lieber nicht.

Die Hochzeit

Ihr heiratet in Frankreich an einem schönen Sommertag, der nach verwelktem Lavendel und heißem Teer duftet. Dein Vater hat sich einen Frack ausgeliehen, deine Mutter durfte sich ein neues Kleid kaufen, einen Hut mit breiter Krempe, auf dem sich seidige Blumen tummeln, und eine passende Handtasche. Soon und Francine sind gekommen und feiern mit, Henri nicht, er spielt Klavier auf einem Kreuzfahrtschiff. Er hat geschrieben, dass er sich die Uhrzeit der Trauung notiert habe und genau dann für euch Mendelssohns Hochzeitsmarsch zu spielen gedenke, so leise, dass ihr ihn nur in euch hören werdet. Als ihr im großen Schweigen zum Altar schreitet, versuchst du in der Tat die Musik, die er tausende Kilometer weit entfernt für euch spielt, zu fühlen. Ein Fehler: Du entfernst dich. Henris Gesicht hängt nun über dem Altar. Der Gedanke streift dich, dass er mit dem Mendelssohn-Versprechen genau das erreichen wollte, dich wenigstens für ein paar Minuten von deiner Hochzeit wegzulocken. Du versuchst, wieder in der Realität zu landen, aber wie so oft leidest du unter diesem Gefühl, neben dir zu stehen. Du bist es nicht, die heiratet, die sich voller guten Willens dieser gesellschaftlichen Angelegenheit hingibt, du möchtest keine Spielverderberin sein, aber diese Hochzeit hat nur mit einem Teil von dir zu tun, deinem gehorsamen Teil, deiner Zugeständnisbereitschaft. Schließlich hat dein Vater doch noch eure Vermählung akzeptiert: Ihr feiert, ganz bürgerlich und spießig, ihr folgt einem Weg, der deinen Eltern und auch deinen Schwiegereltern gefällt. Spitzen und Tüll verschleiern alle Einwände. In den letzten Monaten bist du gewachsen, hast gelesen, beobachtet, diskutiert, nachgedacht und fürchtest mehr denn je, es sei unnatürlich, einen einzigen Mann ein ganzes Leben lang zu lieben und dieses Versprechen sogar öffentlich zu geben. Aber du möchtest deine Eltern nicht vor den Kopf stoßen, du willst ihnen und Johanns Eltern gefallen, und ja, du willst es aufrichtig versuchen, deinen Mann ein Leben lang zu lieben, und ja, Johann will versuchen, dir immer treu zu sein, ja, ihr wollt euch einstimmig dieser Herausforderung stellen. Ihr tauscht die Ringe.

Deiner Mutter hast du eine große Freude gemacht: Du heiratest, ohne es zu müssen. Du möchtest, dass auch sie dir zulächelt und sich freut, doch wirkt sie wie fast immer melancholisch und ernst, als erinnere sie diese Hochzeit an ihre eigene und daran, dass sie keine glückliche Ehefrau ist. Alle schauen euch an, vor allem dich in deinem blütenweißen Kleid (du hast das preiswerteste Kleid gekauft, um deinem Vater nicht auf der Tasche zu liegen), dein gelocktes Haar um den kleinen Blumenkranz. Diese Blicke sind wohlwollend und heiter, es sind aber auch diebische Blicke dabei, die dich deiner selbst berauben. Du möchtest dem Pfarrer zuhören und kannst dich nicht

konzentrieren (in einer Kirche konntest du das nie), was er sagt, macht dich taub und stumm.
Ihr seid jetzt für das Leben gebunden. Du trägst ab sofort einen deutschen Namen. Bist du nun eine andere? Wer bist du? Du hast den Kreis deiner Nächsten erweitert und kannst dich über weitere geliebte Menschen definieren: Du bist die junge Frau, die Johann liebt und die dieser *mein Mädchen* nennt, du bist die französische Schwiegertochter deiner geschätzten deutschen Schwiegereltern, du bist die Tochter, die ihrer Mutter zuliebe in weißem Kleid heiratet, die Tochter, der es gelungen ist, dem Vater zu widersprechen und die traurige Mutter zu beglücken. Du bist auch die Schwägerin eines Mädchens, das gerade Johann erzählt, dass Heiraten total blöd sei, aber in Frankreich zu heiraten finde sie irgendwie sexy. Du bist nach sechs Semestern eine Licenciée ès lettres, die Licence ist aber ein Diplom, das in Deutschland nur als Zwischenexamen anerkannt wird. Immerhin bist du bald eine Aushilfslehrerin in Deutschland. Du bist mutig, sagt dir dein Schwiegervater, du bist ein junger Mensch, der keine Angst empfindet, seine Heimat zu verlassen, um in einem fremden Land zu wohnen. Wir gratulieren dir! Die Heimat besteht nicht aus Ländern und Städten, sondern aus Menschen, die man liebt, sagt deine Schwiegermutter. Du gibst ihr recht. Johann ist jetzt zu deiner Heimat geworden. Liebe ist Heimat. Eine Floskel? Nein, du glaubst fest daran. Ein Seitensprung (ein Wort wie für eine olympische Disziplin) würde dich erst recht in eine Heimatlosigkeit führen. Du willst jetzt jedoch nicht als Braut, als Ehe-

frau reduziert werden. Du bist sehr jung (das wenigstens ist sicher) und möchtest du selbst sein und nicht durch deine Beziehungen oder deine Funktionen definiert werden. Aber dafür brauchst du Zeit. Allein die Zeit gibt einem die wesentliche Dichte. Und das Schreiben. Aber in welcher Sprache willst du deine Romane schreiben? Ist Literatur nicht auch Verkleidung, Anleihe von verschiedenen Identitäten, wirst du dich nicht noch mehr verlieren, wenn du als Gaukler mit Buchstaben jonglierst und in Erfindungen aufgehst, und ist nicht aber vielleicht genau das anzustreben, die vollständige Auflösung der eigenen Persönlichkeit? Am Tag deiner Hochzeit denkst du über all das nach und trinkst sicherheitshalber einige Gläser Sekt, die noch mehr Fragen aufwerfen.

Du bist jetzt auf jeden Fall eine Französin, die so schnell wie möglich Deutsch lernen muss und die nach einem Kompaktkurs an der Uni, Deutsch für Ausländer, ihre erste Lektüre mit Wörterbuch und nervenden Fragen an Johann mühsam hinter sich bringt: Hans Falladas Roman *Kleiner Mann – was nun?* Deine Sympathie für die Protagonisten Lämmchen und Pinneberg ersetzen dir die Freundschaften, die du noch nicht knüpfen kannst. Du liest. Jedoch hast du Schwierigkeiten in den Geschäften, nach bestimmten Brotsorten oder Wurst zu fragen. Deutsch wirst du hauptsächlich mit Literatur, also passiv und durch die Fiktion lernen. Deutsch wird für dich eine Fiktionssprache werden.

Dein Vater ist von deiner schönen Schwiegermutter verzückt und kann sich am Tag der Hochzeit gerade so zu-

rückhalten, um sie nicht mit seiner bravourösen Kriegsheldentat zu bezirzen. Johann lädt deine böse Großmutter zum Tanzen ein, die ganz begeistert ist von so viel savoir-vivre. Dein Mann versteht es, sich adäquat zu benehmen, ein Kavalier zu sein. Deine jüngsten Geschwister lachen, tanzen mit Martha, die ausgelassen wirkt, aber die Avancen deines jungen Bruders spöttisch ausschlägt. Johann wird sich bis zum Ende seines Lebens an die Hochzeitsmahlzeit erinnern, vor allem an die cailles aux raisins, Wachteln mit Rosinen. Du erinnerst dich an einen Satz deiner bösen Großmutter. Als dein Vater jammert, dass die Heirat seiner zweiten Tochter ihn alt aussehen lasse, erwidert sie: Alt ist man erst, wenn man seine Eltern verloren hat, du hast noch deine Mutter, mein Sohn.
Als ihr noch am selben Abend ins Auto steigt, um eure Hochzeitsreise in die Provence anzutreten, freust du dich, dass das Fest vorbei ist, dass du den prüfenden Blick deiner bösen Großmutter nicht mehr spürst, das Leid deiner großen Schwester, die nicht in einem weißen Kleid heiraten durfte, weil sie im dritten Monat war, ihr seid endlich für euch allein. In einem Feld tauschst du das weiße Kleid gegen ein Sommerkleid, die weißen Stöckelschuhe gegen Espadrilles. Du stehst barfuß und fast nackt in einem Feld, das die Gerüche der warmen Erde und des wilden Thymians ausströmt, nicht weit von dir schlüpft eine verschreckte kleine Schlange in die Gräser, du siehst, wie Johann das Hochzeitskleid im Kofferraum verstaut, und bleibst genau so für ein paar Augenblicke im letzten Sonnenstrahl stehen. Erleichtert, jung, du.

Der Gipfel

Der Österreicher Christoph Welter, mit dem Johann seit dem Bergunfall in Kontakt geblieben ist, kommt in die Alpen, um den Wagen seiner Freunde zu holen, der auf dem Parkplatz einer Autowerkstatt bereits Rost angesetzt hat und jetzt dringend wegsoll. Vorher will Christoph den Aufstieg zu dem Dôme de Neige des Écrins mit euch unternehmen. Seine Freunde und Uschi, die sich nur sehr langsam von dem Unfall erholt und weiterhin um Freund und Bruder trauert, wollten noch nicht an diesen Ort zurückkehren. Er aber wolle nun in Erinnerung an die Verstorbenen jedes Jahr dort hochsteigen, sagt er, und Johann hat zugesagt mitzukommen, obwohl er selbst noch nie einen solchen Berg bestiegen und, das gibt er freimütig zu, große Furcht davor habe. Ihr übernachtet in der Hütte, le refuge Caron, in der ihr euch zum ersten Mal nähergekommen seid, und um drei Uhr morgens geht ihr los, Christoph als Seilschaftsführer, Johann und du ein bisschen bange hinter ihm. Du erinnerst dich an deinen Wunsch, einmal mit Johann und einem Führer diesen Gipfel zu erklimmen. Jetzt verwirklichst du deinen Wunsch, der Aufstieg aber ist zu einem romantischen Trauermarsch geworden, eine Art Wallfahrt, und euch allen ist es schwer ums Herz. Jedoch nach einer halben Stunde im fahlen

Licht der Stirnlampen und des Viertelmondes, im Ohr als einziges Geräusch das Knirschen der ausgeliehenen Steigeisen, die in den Schnee beißen, die Kälte der Morgendämmerung um die Nase, das große Weiße um euch, erfüllt dich dieser Moment mit einer seltenen Freude, denn dieser Trauermarsch wird auch zu einem zweiten, höheren Trauungsgang. Christoph führt euch im gemäßigten Tempo. Die Sonne geht auf und schluckt nach und nach die Nacht, als ihr auf halbem Aufstieg große Querspalten antrefft. Der Gletscher zeigt sich in seiner ganzen Schönheit und auch in seiner Tücke. Dann erreicht ihr die bekannte brüchige Sérac-Zone und beschleunigt etwas den Schritt, dabei bleibt ihr doch nur kleine, kriechende Raupen unter den imposanten Eis- und Schneebrocken. Als ihr nach der Brèche Lory endlich den Dôme erreicht, trommelt dein Herz bis in die Schläfen, dein Glück aber ist ein noch nie empfundenes Glück. Auch Johanns glühendes Gesicht lacht. Du umarmst Christoph, der an seine verlorenen Freunde denkt. Unter seiner Sonnenbrille weint er. Johann steht mit dabei, verlegen, aber begeistert und stolz, den Aufstieg bestanden zu haben. Dann reibt er schüchtern Christophs Rücken und kündigt an, ihr würdet nun jedes Jahr diesen Weg mit ihm machen. Christoph räuspert sich und befiehlt mit künstlicher Bergführerstimme: Los, essen wir was, und dann nix wie weg.
Das zweite Vorhaben von Christoph ist es, den Käfer von Uschis Bruder abzuholen, sie möchte den Wagen unbedingt wiederhaben, hat Christoph erklärt. In der Autowerkstatt erlebt ihr eine unangenehme Situation. Ein

mürrischer Meister empfängt euch mit glänzendem kahlem Haupt und alkoholisiertem Atem, es sei höchste Zeit, dass jemand das Scheißwrack abhole, er verlange Parkgebühren für zwei Jahre. Du erwiderst heftig, dass der Autobesitzer verunglückt sei, was er wohl auch wüsste, dass er ein Riesengelände besitze, wo der Wagen nicht gestört haben könne, außerdem habe die Familie des Toten einen Brief geschrieben und sich entschuldigt, dass sie den Wagen so lange nicht habe holen können, selbstverständlich würde man die anfallenden Kosten übernehmen. Es sei für alle Beteiligten nicht so leicht gewesen, hierher zurückzukommen. Ihr macht es ja sowieso, wie ihr wollt, ihr Deutschen, wie in der Besatzungszeit, sagt der Typ, der den Brief der Eltern wahrscheinlich nicht mal gelesen hat. Christoph versteht Gott sei Dank nicht viel, obwohl das Wort occupation ihn etwas Böses ahnen lässt und er dich auf Englisch fragt, ob der Wagen das Gelände zu lange occupied hätte. Ja, sagst du, nicht so schlimm, das werden wir regeln. Ist der Mann böse?, fragt er noch. Nein, nur angetrunken und leicht aggressiv, sagst du, zu viel Rotwein. Lieber das Klischee des Rotwein trinkenden Franzosen bedienen als zugeben, dass deine Landsleute manchmal borniert und böse sind, ihren Hass gegen Deutsche nicht überwunden haben und auch Österreicher als boches bezeichnen. Johann steht wie gelähmt da, peinlich berührt, er folgt dir und dem Werkstattmensch in dessen Kabäuschen, wo er die Rechnung begleicht, während Christoph sich bemüht, die Batterie der verrosteten Karre aufzuladen. Johann ist jemand, der zahlt.

Der neue Lebensabschnitt

Eine kleine Wohnung unter dem Dach. Die Hausbesitzer wohnen im Haus und versuchen, dich davon zu überzeugen, in der Waschküche zu waschen, anstatt es im Waschbecken des kleinen Bads zu tun. Ansonsten habt ihr kaum Kontakt. Johann arbeitet an seiner Doktorarbeit und jobbt als wissenschaftlicher Assistent an der Uni. Du machst deine ersten Erfahrungen als Französischlehrerin, eine Schwangerschaftsvertretung in einem Mädchengymnasium. Du siehst noch so jugendlich aus, dass der Hausmeister der Schule dich am ersten Tag anschnauzt, Schülerinnen hätten am Lehrereingang nichts zu suchen. Dein Deutsch ist noch so dürftig, dass du wirklich nur Französisch mit deinen Schülerinnen sprechen kannst. Du lernst es, langsam und in einfachen Sätzen zu sprechen, viel zu gestikulieren, im Unterricht hantierst du mit eigenen Zeichnungen und verschiedenen Objekten. Die damaligen Lehrbücher sind reich an Wortschatz und Grammatik, sie enthalten wenig Bildmaterial und manchmal absurde oder langweilige Texte: La classe a quatre murs. Aber du unterrichtest enthusiastisch, magst deine Schülerinnen, die dir gern helfen, einen Satz auf Deutsch zu formulieren, ein schwesterlicher Austausch abseits von allen pädagogischen Prinzipien. Aber es bringt euch alle weiter, dreißig Mädchen und dich, ihre Schülerin. Alle machen Fortschritte, du vor allem in dieser Umwandlung, deine Muttersprache als Fremdsprache zu unterrichten. Du bist eine Herrin, die, gewohnt, durch weite Wälder zu reiten, auf einmal den Charme eines Gemüse- und Blumengartens entdecken muss.

Einmal kommst du in deine Klasse, eine Untersekunda, und die Hälfte der Mädchen weint. Du fragst, was los sei, ob jemand gestorben sei. Eine schluchzende Schülerin erklärt, dass ihnen in der Stunde davor ein Film gezeigt worden sei, *Nacht und Nebel.* Sie sagt, sie wisse nichts von diesen Naziverbrechen oder sie wisse es nicht so genau, ihre Eltern hätten nie davon erzählt. Sie ist fünfzehn, vielleicht sechzehn. Um sie herum schnäuzen sich die Mädchen und schauen regungslos auf ihre Schulbänke. Du stehst verlegen vor dem weinenden Mädchen und nimmst es schließlich in die Arme. Du kannst nichts dafür, tröstest du, tu n'y peux rien, und da die Schülerin dich nicht versteht, weil dieser Ausdruck, tu n'y peux rien, kein leichter Ausdruck ist, sagst du, du warst noch nicht geboren, als es passierte, ce n'est pas ta faute, und da sie dich immer noch mit großen Augen anschaut, versuchst du es anders: Tu es innocente, vous êtes innocentes. Und ein anderes Mädchen steht auf und schreit laut auf Französisch, was dich verblüfft: Mais pas nos parents! Aber nicht unsere Eltern! Tu n'es pas ton père, tu n'es pas ta mère, sagst du und weißt, dass du lügst. Eltern stecken in ihren Kindern und können sie schwer und traurig machen. Wenn man Glück hat, werden sie immer kleiner mit der Zeit, wie russische Matroschkas, sie verschwinden aber nie.

Hast du das Richtige gesagt, das, was diese Heranwachsenden brauchten? Am Abend dieses Tages lernst du deutsche Wörter, die dich in eine undefinierbare Traurigkeit versetzen. Schuld, schuldig, Schuldbewusstsein. Mündlich machst du im Deutschen wenig Fortschritte, da Johann nur Französisch mit dir spricht, ihr würdet euch sonst kaum unterhalten können, und weil deine Kolleginnen, die Romanistinnen, sich ausschließlich mit dir in deiner Muttersprache unterhalten, um ihr Französisch auf Vordermann zu bringen. Eine Lehrerin lädt dich ein, ihr bei den Abiturkorrekturen zu helfen, ihr arbeitet den ganzen Nachmittag, du bist schockiert, als sie dir anschließend eine Tafel Milchschokolade schenkt.

Du bleibst in diesem Lehrerkollegium eine Außenseiterin, noch zu jung, zu unerfahren, um ernst genommen zu werden, ein Stück Folklore. Einige Lehrer erzählen dir ihre Urlaubserlebnisse, es wird viel über die Provence und die Bretagne berichtet, über die gute Küche. Ach ja, die französische Küche, der französische Käse und die guten Weine. Du lernst zu dieser Zeit, dich höflich zu langweilen. Diese Kunst wirst du bald perfekt beherrschen, auch im Kreis von Johanns Freunden und Kommilitonen. Unter sich sprechen sie nur von Chemikalien und Arzneien. Wenn einer merkt, dass du dich einsam fühlst, erzählt er freundlich von seinem Urlaub in Frankreich, und ja, die französischen Weine und der französische Käse, und ach, die französische Sprache klinge so hübsch.

Am Ende des Schuljahrs machen die Schülerinnen das mündliche Abitur. Johann hat dich nicht vorgewarnt, dass dieser Tag ein besonderer Tag an deutschen Gymnasien ist. In den sechziger Jahren tragen die Lehrer noch feierliche Kleider (das Jahr 1968 steht kurz bevor, es wird auch für die Kleidung der Lehrer eine Revolution bedeuten, aber so weit seid ihr noch nicht), feierlich heißt schwarz. Als alle Lehrer sich um kurz vor acht Uhr versammeln (du trägst ein kleines Sommerkleid), erschrickst du: Ob jemand gestorben sei. Nein, das sei die normale Aufmachung bei solchen festlichen Angelegenheiten wie den mündlichen Prüfungen der Abiturientinnen. Ein Bild des Lehrerkollegiums wird geknipst, du versteckst dich hinter zwei größeren Lehrerinnen, dennoch ist ein Stück geblümte Schulter zwischen den schwarzen Kleidern sichtbar.

Sonntags geht ihr zum Mittagessen zu Johanns Eltern. Es ist dir schwergefallen, deine Schwiegereltern zu duzen (eine noch unübliche Sache in Frankreich, Johann sagt weiterhin Sie zu deinen Eltern) und sie Papi und Mutti zu nennen. Aber du machst es immer lieber, und während Johann seiner Mutter weiterhin die Hand reicht, gibst du ihr zwei Küsse wie deiner eigenen Mutter; dein Schwiegervater bleibt auf Distanz, eine freundliche Distanz, und gibt dir immer warmherzig lächelnd die Hand. Die Oma wird älter, sie zwinkert dir zu, wenn der Vater ihren Stuhl näher zum Tisch schiebt, wie man es bei einem Kleinkind tut. Johann mag seine Großmutter. Er erzählt dir, dass sie während der Nazizeit die Männer, die für das Reich von Tür zu

Tür tingelten, in die Wüste geschickt habe. Eine mutige kleine Frau. Martha hingegen entzieht sich allem immer mehr, isst hastig, einen Ellbogen auf dem Tisch, den Kopf aufgestützt, und verlässt den Tisch so schnell wie möglich, sie hat Termine mit Freunden.

Euer Leben ist ein seichter See, das Wasser durchsichtig, die Steine, die Algen hier und da allerdings schon sichtbar. Es wird beim Essen sehr wenig gesprochen, man fragt euch, ob alles klar sei. Ja, alles klar, alles in Butter. In der Tat wird vor allem das Essen kommentiert: Wie gut es schmecke. Wie schön Mutti wieder gekocht habe. Die Qualität des Fleisches bei Metzger X. Manchmal wird am Tisch ferngesehen, der Vater möchte unbedingt den Wetterbericht hören. Er schaut zu und lauscht fasziniert den Vorhersagen, als seien es Prophezeiungen, die das Leben seiner Familie verändern würden. Dann wird der Fernseher ausgemacht. Dann wird wieder geschwiegen. Manchmal spricht Mutti einen fremden Namen vor sich hin, als träume sie laut, als wäre dieser erträumte Name so mächtig, dass er ihr unwillkürlich und wie in Trance über die Lippen rutscht. Van Laren ist der Name, der fällt ins klare Wasser eures Familienteichs und zieht seine Kreise, ohne dass jemand reagiert. Jeder stellt sich taub, kaut weiter, ihr habt nichts gehört, ihr taucht eure Löffel in die Suppe, so vorsichtig, als schwämmen da Teichrosen. Später fragst du Johann, was das für ein Name sei, van Laren, was die Mutter sage, klinge doch wie ein Familienname. Johann erzählt dir, van Laren sei der erste Verlobte seiner Mutter gewesen, ein Niederländer aus Maastricht, ein Geschäftsmann, den seine Mutter vor dem Krieg kennengelernt habe. Er habe mit Stoffwaren gehandelt und die Mutter in einem Stoffgeschäft kennengelernt, in dem sie vor dem Krieg gearbeitet habe. Sie seien beide sehr verliebt gewesen, leider sei der Krieg ausgebrochen und der Niederländer zum Feind geworden. Erst später habe sie Johanns Vater kennengelernt, Gott sei Dank. Aber nach dem Krieg habe sich van Laren wieder gemeldet, eine briefliche Beziehung sei entstanden, eine harmlose und respektvolle Freundschaft. Zu jedem Geburtstag schicke van Laren einen Strauß Blumen und ein Kunstbuch, da die Mutti sich sehr für Kunst interessiere. Johann zeigt dir im Bücherschrank zwei Regale voll mit Kunstbüchern: Gauguin, Rembrandt, Vermeer, van Gogh und viele andere. Der Bücherschrank ist verglast und verschlossen. Die Bücher sind gut beschützt. Ist dein Vater nicht eifersüchtig?, fragst du. Aber nein, ganz und gar nicht. Die Geschichte ist ja hundert Jahre alt und die Freundschaft auf diesen Postaustausch beschränkt. Jeder hat ein Anrecht auf sein Innenleben und seine Erinnerungen, diese Geschichte gehört nun mal zu meiner Mutter und da mischt sich mein Vater nicht ein. Wie schön, sagst du, wie vernünftig.

Wenn Johann das Thema wechseln will, weicht sein Blick deinem aus, bevor er mit einer eigenen Frage eine Fortsetzung des ursprünglichen Gesprächs verhindert: Ob ihr jetzt einen Spaziergang im Wald machen könntet. Das tut ihr beide jeden Sonntag gern, Johann versucht, immer neue Wege zu entdecken, um der Routine zu entgehen, nach wie vor liebt ihr euch gern draußen, die dichtesten

Stellen und die schönsten Bäume nehmen euch in Schutz, am Fuß der langen Buchenstämme mit den grünen Wipfeln, den vorbeiziehenden Wolken und den Vogelkonzerten, den Gerüchen des von Blättern oder Tannennadeln bedeckten Bodens, da fühlt ihr euch geborgen und immer noch sehr verliebt. Du brauchst das wöchentliche grüne Bad mehr als Johann, alle Bäume der Welt sprechen dieselbe Sprache und bringen dich nach Hause. Doch an diesem Tag nimmst du ein anderes Paar mit, den schönen Niederländer und seine zwanzigjährige deutsche Verlobte, und du fragst dich doch, wieso, wenn die Liebe zu van Laren nur eine Erinnerung ist, wieso diese Erinnerung nach dreißig Jahren nicht verblasst ist. Wenn nach dem Krieg die damaligen Gefühle zu einer vorzeigbaren Freundschaft mutiert sind, wieso rutscht deiner Schwiegermutter, die noch jung ist und überhaupt nicht verkalkt, der Name dieses Mannes am Tisch heraus, woher kommt ihr unwiderstehliches Bedürfnis, diesen Namen laut auszusprechen, wie tiefgründig reichen ihre Gedanken an ein früheres Leben, an ein nicht gelebtes Leben? Vielleicht liebt Mutti doch zwei Männer, vielleicht hat die Sehnsucht nach dem Abwesenden ihre vernünftige Ehefrau-Liebe längst unterhöhlt. Offensichtlich ist die Ehe deiner Schwiegereltern weniger intakt, als du gedacht hast. Weil deine eigenen Eltern so oft stritten, wolltest du dir ein Beispiel an Johanns Eltern nehmen. Chance verpasst. Und ein verwerflicher Gedanke wächst in dir: Ist die Ehe nur erträglich, wenn die Nostalgie im Hintergrund oder nebenan liegt, wenn ein Schatten sie lebendig hält, wenn, wie in der Kunst, der

Schatten eines porträtierten Menschen den Betrachter daran erinnert, dass dieser Mensch als reales Wesen unter der Sonne gelebt hat? Ist irgendein Mensch so stark konturiert, dass man ihn allein lieben kann, ohne den zweiten Mann im Hintergrund? Wie viel Liebe oder wie viel Verblendung muss man aufbringen, um den Lebensbegleiter als einzigen Auserwählten anzusehen? Sollte es nicht gerade das Wesen der Liebe sein, ihre Auswirkung, dass sie dem anderen diese unauslöschlichen Konturen schenkt, und zwar so tief und wetterfest eingraviert, dass sich der Geliebte nie mehr auflöst?

Die Schatten

Du erinnerst dich nicht mehr an den Grund eures ersten ernsten Konflikts. Mit Johann streitet man eigentlich nicht. Dein Mann ist friedlich, völlig auf Harmonie eingestellt. Geht es vielleicht darum, dass er immer nur Französisch mit dir spricht und nie Deutsch, was dir nicht gerade hilft, es schneller zu lernen? Johann steckt so sehr in deiner Muttersprache, dass er manchmal sogar vor Fremden Französisch spricht, wenn du dabei bist. Auch wenn er sich auf Deutsch unterhält, entweicht ihm manchmal ein französisches Wort, als wäre diese Sprache seine Muttersprache, als könnte er sie nur mit Mühe verdrängen, um Deutsch, seine Fremdsprache, zu sprechen. Von einer Sprache zur anderen verändert sich sogar die Färbung seiner Stimme, die leichter und heller im Französischen klingt. Johann will Franzose sein, das merkst du immer mehr. Warum seid ihr nicht nach Frankreich gezogen, warum hat er nicht dort sein Studium beendet? Weil er fest daran glaubt, dass das Studium der Pharmazie in Deutschland besser sei als in Frankreich? Deutsche Arroganz? Aber nein, du wolltest dich immer hüten vor dieser Art von dummen Klischees. Oder ist es leichter für ihn, sich in Deutschland als Franzose zu fühlen als in Frankreich, wo er sich stets als Deutscher entlarven würde? Du kannst einen solchen Gedanken damals noch nicht denken, erst viel später. Weswegen also dieser erste Krach? Ist es überhaupt ein Streit oder vielleicht nur ein langer Monolog deinerseits, ein einseitiger, aggressiver Vorwurf, der sich vor Johanns Schweigen abrollt (dieses Schweigen, eine Mauer, an der deine Worte abprallen), immer heftiger und weit ausholend, voll von dieser Verzweiflung, die dich packt, wenn du in die Leere sprichst, jedes Wort eine platzende Sprechblase, die deinen Mann zurückschrecken lässt. Gelähmt, unfähig ist Johann, einen Gedanken zu artikulieren. Seine unausgesprochenen Worte bauen sich dann als Barrikade, als unsichtbarer Wall auf, er verkriecht sich dahinter, wartet und hofft, dass das Hagelgewitter weiterzieht. Klagst du vielleicht darüber, dass er zu viel arbeitet und dass ihr nie genug Zeit habt, um miteinander zu sprechen, zu knutschen? Erst die Arbeit, dann das Vergnügen, das ist seine so deutsche Devise. Oder beklagst du dich darüber, dass er nicht mehr der fröhliche Junge ist, den er in Frankreich abgegeben hat? In der Tat ist Johann in seiner Heimat ein ganz anderer Mensch als in Lyon, besorgt, eifrig, fleißig, sehr pflichtbewusst, immer noch sehr freundlich und verliebt und doch wenig aufmerksam dir gegenüber. Erst die Arbeit, dann das Vergnügen. Du führst dein Leben, wie du kannst, allein. Du bist seine Ehefrau und deine Zukunft scheint damit besiegelt zu sein. Nein, bei diesem ersten Streit geht es eher um seine kleine Schwester, die bald Abitur macht. Ihr wolltet in den Osterferien nach Frankreich reisen, deine Mutter hat dich darum gebeten.

Ihr Brief war äußerst eindringlich, so wie du das von ihr, der Diskreten, gar nicht kennst. Könnte es sein, dass sie endlich das Geheimnis ihrer Herkunft lüften möchte? Johanns Vater verlangt aber, dass sein Sohn zu Hause bleibt, um mit Martha das Abiturpensum zu wiederholen, Mathe und Physik. Johann gibt dem Drängen des Vaters sofort nach, was du ihm vorwirfst: Ist er denn noch ein kleiner Junge, der sich von seinem Vater herumkommandieren lässt? Habt ihr denn nicht als Paar ein Recht auf euer eigenes Leben? Ihr arbeitet doch beide und habt auch diesen Urlaub verdient. Aber Johann gehorcht immer seinem Vater. Er verteidigt sich nur schwach, der Vater sei immer sehr großzügig zu euch gewesen, es sei selbstverständlich, dass er seiner Schwester helfe. Er möchte, dass sie beruflich die gleichen Chancen habe wie er. Ja, sagst du, Papi sei ein toller Vater und Schwiegervater, dennoch fändest du es nicht richtig, dass er Johann als Privatlehrer für Martha missbrauche, der Apotheker sei vermögend genug, einen echten Nachhilfelehrer zu engagieren. Außerdem habe das Mädchen wenig Respekt vor Johann, den es als Langweiler und als Musterkind beschimpfe, du könntest dir gut vorstellen, dass Martha sich beide Ohren zuhielte, wenn ihr Bruder sich neben sie hinsetzte und mit ihr die Differential- und Integralgleichungen paukte, außerdem sei Johann vielleicht nicht der geeignetste Pädagoge für diese schwierige Schwester, deren Aggressivität die Eltern und Johann immer mehr zu spüren bekämen. Martha geht zu Partys und kommt immer lang nach der verabredeten, schwer verhandelten Zeit und ziemlich beschwipst nach Hause und sorgt dann für helle Aufregung bei den Eltern. Sie möchte eine Lehre als Friseuse machen, sie habe keine Lust, hat sie dir anvertraut, als Akademikerin wie ihr Vater und ihr Bruder zu enden. Nun, Friseuse zu werden, wo Vater und Bruder einen Doktor gemacht hätten, nein, das sei für diese Akademikerfamilie inakzeptabel. Sie werde aber tun, was ihr gefalle, egal, ob sie das Abitur bestehe oder nicht. Martha rebelliert, aber du kuschst und buckelst vor deinem Vater, sagst du auf Deutsch und dein charmanter Akzent versüßt diese Worte nicht. Johann hebt genervt die Hände, meint, dass du eine harmlose Situation dramatisierest, und schließt sich im Bad ein, dem einzigen Zimmer, in das man flüchten kann, wenn man dem anderen ausweichen will. Du schreist vor der geschlossenen Tür, dass er das am besten könne: abhauen, vor jedem unangenehmen Gespräch fliehen. Und das stimmt, das wird dir selbst in diesem Augenblick bitter bewusst. Johann fürchtet sich vor jeder persönlichen oder konfliktbeladenen Aussprache, du darfst nie einen seiner Charakterzüge oder eure Beziehung infrage stellen, negative Äußerungen werden überhört, Traurigkeit ist ungehörig, Klagen sind eine Todsünde. Du nimmst dir vor, das Wortfeld Verdrängung aufzustellen, Verdrängung, ein Wort, das klingt wie ein unkontrolliert und ruppig zusammengequetschtes Akkordeon.

In dieser Nacht rennst du allein durch die Straßen, weinend und wütend, bis du dich beruhigt hast. Als du anhältst (ist er dir gefolgt? Sucht er nach dir? Natürlich nicht!), selbst über deine Verzweiflung schockiert, stehst du endlich still vor dem letzten Haus in einer Sackgasse. Die Symbolik dieser Situation entlockt dir doch ein inneres Lächeln. Wer in einer Sackgasse steht, sollte mindestens ein Stück Weg zurückgehen. Natürlich zu ihm.

Er sitzt da in eurem Wohnschlafzimmer, trinkt Bier und fragt nicht, wo du gewesen seist. Sein Gesicht ist ausdruckslos. Du stehst vor ihm und, obwohl du ein bisschen fürchtest, lächerlich und kitschig zu wirken, beginnst du das Kinderlied zu singen, das er dir beigebracht hat: Heile, heile Gänsje, es ist bald wieder gut, heile, heile Gänsje, es ist bald wieder gut. Er hat gerötete Augen und lächelt zaghaft, traut sich kaum, zu dir zu schauen. Er ist zu zerbrechlich. Du lässt ihn in Ruhe.

Ein Abend in Lyon

Du fährst allein nach Frankreich, zuerst nach Lyon, wo du bei Francine übernachtest. Sie hat eure Freunde eingeladen, Henri und Soon sind dabei. Ein Klavier fällt dir im Wohnzimmer auf, Henris Klavier. Ja, er ist bei Francine eingezogen, was sie dir in ihren Briefen nicht mitgeteilt hat. Die beiden sind doch wieder ein Paar geworden, ein sehr freies Paar, erklärt dir Francine auf ihre lockere Art, sie macht aber keinen Hehl daraus, wie verliebt sie sei (und schon immer gewesen sei) und dass die Freiheit, die sie beanspruchen, eigentlich Henri mehr betreffe als sie selbst. Du könntest schwören, dass sie ihm treu ist. An diesem Abend in Lyon spielt Henri Klavier, ihr tanzt, ihr trinkt, Francine trägt einen Sketch vor, du erlebst wahrscheinlich einen richtigen Studentenabend, wie du ihn noch nie zuvor erlebt hast, weil du diesmal mitsingst, mittanzt und mittrinkst. Man feiert deinen Besuch, als wäre er eine Rückkehr, du spürst die Wärme dieser Freunde und das Maß deiner Einsamkeit in Deutschland wird dir bewusst. Wenn man dich fragt, wie es dort sei, ob du dich wohl fühlest, sagst du ja, ja, ja, ich fühle mich wohl. Und insgesamt stimmt es auch. Dort aber fehlen dir gute Freunde, und es wird schwierig, echte Freundschaften zu schließen, solange du als Vertretung die Schule zweimal im Jahr wechseln musst, solange du die Sprache nicht genügend beherrschst. Soon, still und nüchtern, nippt an seinem Glas, er steht in einer Ecke und schaut ständig nach Henri. Auf deine Bitte hin erzählt er dir seinen letzten Traum, und dir wird endlich bewusst, dass auch er in Henri verliebt ist, schon immer, dass er diese Liebe und seine Homosexualität vielleicht lange verdrängt oder verheimlicht hat, dass er aber gerade versucht, sie zumindest dir gegenüber klar zu kommunizieren. In seinem letzten Traum spielt nämlich Henri wieder die wichtigste Rolle. Er, Soon, verfolgt den Freund durch die Straßen einer Großstadt, da er ihm eine wichtige Botschaft zustellen soll, kann ihn aber nicht rechtzeitig einholen. Henri verschwindet im Eingang eines Hochhauses. Soon steht vor einer Tafel mit hundert Klingeln und weiß nicht, auf welchen Namen er drücken soll. Dann geht die Tür von selbst auf und Soon steht plötzlich auf dem Dach des Hochhauses, er schaut nach unten und sieht, wie Henri die Straße entlanggeht, allein, plötzlich anhält, nach oben schaut und ihm zuwinkt. Sein Gesicht glänzt wie Gold, ein niedergestürzter Mond. Er, Soon, will ihn nun fliegend einholen und springt, wird dann aber leider wach. Ja, Soon ist gerade dabei, dir seine Liebe zu Henri zu gestehen. Vielleicht erzählt er dir seinen Traum, damit du sein Geheimnis mit dir mitnimmst. Er wird sein Examen im Juni machen und muss dann wieder auf die Philippinen. Es ist sehr gut möglich, dass du ihn nie mehr wiedersiehst. Ich hoffe sehr, sagst du zu ihm, dass du eines Tages einen anderen Mann findest, der dich so liebt, wie du ihn liebst. Das wird bei mir zu Hause unmöglich sein, erklärt er.

Am nächsten Tag begleiten dich Henri und Francine zum Zug. Kurz bevor du in den Zug einsteigst, steckt dir Henri einen Brief in die Reisetasche. Ich wollte dir die letzten Neuigkeiten schicken, sagt er, ich habe aber dann gedacht, ich gebe dir den Wisch, wenn du vorbeikommst. Habe eine Briefmarke gespart, lacht er.
Ich dachte, wir hätten uns gestern alles erzählt, sagst du, aber es ist schön, einen Brief von dir zu bekommen. Ich wünsche dir für dein Konzert viel, viel Erfolg. Henri ist zu einem Jazzfestival in Nordfrankreich eingeladen.
Du zögerst, fragst dich, ob du ihm von Soon erzählen sollst, willst dich nicht einmischen. Neulich, nach einem der obligatorischen Sonntagsessen, hast du mit Johann und Martha über diesen Begriff diskutiert: sich einmischen. Es ging um Freunde ihrer Mutter, ein Paar, das sich im Streit trennte. Die Mutter war mit ihrer Freundin verabredet und wusste nicht, wie sie sich verhalten sollte, da sie deren Mann auch mochte. Johann sagte, man könne nur zuhören und solle sich nicht einmischen, gutgemeinte Ratschläge erteilen, Partei in einem Streit ergreifen, der einen nichts angehe, das sei falsch. Plötzlich, die Mutter war bereits zu ihrer Verabredung unterwegs, eskalierte die Diskussion zwischen den Geschwistern, die weit über ihren Ursprung hinausging. Johanns Haltung sei wie immer die eines Feiglings, provozierte ihn Martha, in privaten wie in öffentlichen Dingen wolle er schön neutral bleiben, es sich mit niemandem verscherzen oder sich sogar auf die Seite des Stärkeren schlagen, jawohl, Johann habe sie in dem Streit mit dem Vater zum Beispiel, der sie unbedingt zum

Abitur durchzerren wolle, nie unterstützt. Johann versuchte, die Diskussion wieder zum Ausgangspunkt zurückzuführen: Wenn er meine, man solle sich nicht einmischen, gehe es ihm nur um Diskretion, um Respekt vor der Privatsphäre des anderen. Man stecke ja nicht in dessen Haut. Man dürfe nicht den Besserwisser spielen und ihn beeinflussen. Martha lachte höhnisch. Du selbst schwiegst und dachtest, dass Johann auch nie nach der Geschichte seiner Eltern, nach der Kriegszeit seines Vaters, nach der Gesinnung seiner Mutter gefragt, ihnen ihre Privatsphäre gegönnt hatte. Diskretion, Respekt, Angst. Und was habe das mit Martha zu tun, fragte er weiter. Müsse sie denn alles auf sich beziehen? Natürlich würde er sie unterstützen, so oft er könne, und schulisch jederzeit.

In Marthas Augen war der brüderliche Nachhilfelehrer nur ein Komplize des mächtigen Vaters, ein Verräter. Johann aber sah sich als unschuldigen, wohlwollenden, gerechten Helfer.

Der Zug setzt sich in Bewegung, du winkst am offenen Fenster und sagst doch noch schnell: Passt auf Soon auf, es geht ihm nicht gut. Mithilfe deines schweren Wörterbuchs, das dich überall begleitet und belastet, stellst du bis Grenoble ein Wortfeld auf um die Begriffe sich einmischen, vermischen. Du kommst auf das Wort Mischehe. Ab Grenoble versinkst du in die Alpenlandschaft und bist sprachlos.

Zu Hause herrscht eine merkwürdig gedrückte Stimmung. Du wirst von deinen Geschwistern umarmt, geküsst, als wärst du einer großen Gefahr entgangen, und verstehst erst später, dass diese Umarmungen vor allem die Erleichterung deiner Geschwister darüber ausdrückten, eine schlimme Nachricht mit dir teilen zu können, die Küsse deiner Mutter werden von der Freude getragen, dich noch einmal sehen zu dürfen. Nach dem Abendessen sitzen alle zusammen und sie offenbart dir, dass sie Krebs habe, wahrscheinlich habe sie nur noch einige Monate zu leben. Es trifft dich wie ein Faustschlag in den Bauch. Als hätte man dich leckgeschlagen. Was bis jetzt dein Leben ausgemacht hat, wird von dir weggespült, du sitzt kraftlos da, von allem losgelöst, von allem, sogar deine Liebe für Johann zerfließt, dein Leben in Deutschland bröckelt, deine eigenen Sorgen zerrinnen, die Trauer hat alles verschluckt, was dir in diesem Augenblick helfen könnte, Halt zu finden. Deine Mutter ist schwerkrank, deine kleine Mutter wird sterben, deine arme Mutter stirbt. In den nächsten Tagen und Wochen bemühst du dich, ab und zu diese Gewissheit für eine Stunde, für einige Minuten zu verdrängen, der Gedanke an ihren nahen Tod aber verfolgt dich, fliegt dir hinterher, trifft dich immer wieder hinterrücks, lässt dich zusammenkauern, lässt dich ausbluten, ein knallharter Diskus von einem unsichtbaren Werfer immer wieder aufs Neue auf dich geschleudert.

Nach dem Gespräch mit deiner Mutter taucht trotz allem Johann wieder als Erster in deinem Bewusstsein auf. Du rufst ihn an, um ihm die schlimme Nachricht zu übermitteln. Du möchtest sein Mitgefühl spüren, dich trösten lassen. Du hoffst insgeheim, dass er zu dir reisen wird, seinen Vater und Martha zum Teufel schickt. Er sagt dir die liebsten Sachen der Welt, wird aber zu Hause bleiben. Du schämst dich, dass du versucht hast, ihn mit deinem Schmerz zu erpressen, und dass du damit sein schlechtes Gewissen verdoppelst.

Deine Geschwister und du, ihr redet bis lange in die Nacht, sie haben recherchiert, verschiedene Ärzte befragt, man kann der Mutter nicht helfen, sie ist zum Tode verurteilt. Deine jüngsten Geschwister wohnen noch zu Hause. Du schlägst vor, bei ihnen zu bleiben, weißt aber, dass du dann deinen Job in Deutschland verlieren wirst, und willst im Grunde nicht so lange von Johann weg sein. Die Geschwister akzeptieren dieses Opfer nicht, sie seien ja da und brauchten dich nicht. Schließlich empfindest du nur noch Ekel vor dir und möchtest vor deiner Mutter sterben.

Als du deine Reisetasche öffnest, um dein Nachthemd zu nehmen, findest du Henris Brief, den du völlig vergessen hattest. Schon die ersten Worte lassen dich erstarren.

Er schreibt dir, dass er recherchiert habe, was Johanns Vater im Krieg gemacht habe. Er sei dabei darauf gestoßen, dass dieser 1943 vier Monate lang bei der Wehrmacht in Lyon stationiert gewesen sei. Er habe mit Heinz Hollert, einem Mitglied des KdS, zusammengearbeitet. Man wisse, dass Hollert, ein Komplize von Klaus Barbie, ein Verhörzentrum im Hotel Terminus eingerichtet habe und dazu dreißig Zellen im Prison Montluc für Einvernahmen durch den SD. Hollert sei nicht nur auf der Jagd nach Juden, sondern auch darauf spezialisiert gewesen, den Funkverkehr der Résistance abzuhören. Auf drei Dokumenten tauche der Name von Johanns Vater auf, als Dolmetscher bei Verhören. Außerdem könne es sein (obwohl er, Henri, dafür keine Beweise habe finden können), dass Johanns Vater Mitglieder der französischen Miliz bei der Verhaftung von Widerstandskämpfern oder von jüdischen Franzosen begleitet habe. Es sei nicht ungewöhnlich gewesen, dass Wehrmachtsoffiziere und -soldaten der SS als Handlanger gedient hätten. Es tut mir leid für Johann, schreibt er, der nichts dafür kann, auch für dich, die du dich in dieser Familie eingelebt hast. Dein Schwiegervater hat leider keine weiße Weste, und ich wollte, dass du es erfährst. Möglich, dass er bei Verhaftungen nur als Dolmetscher fungierte und dass man ihm keine Wahl ließ, dass er aber an mehreren Strafaktionen beteiligt war, darf man leider nicht ausschließen, auch wenn man heute über keine Beweise verfügt und ihn wahrscheinlich nicht belangen darf. Du kannst diese Informationen für dich behalten oder sie deinem Mann offenbaren. Ich denke meinerseits, dass man mit der Wahrheit besser fährt, dass ein Leben, das von dunklen Geheimnissen überschattet ist, ein unwürdiges und würgendes Leben ist.

Hättest du nicht gerade von der Krankheit deiner Mutter erfahren, hätten dein Ohnmachtsgefühl deiner Mutter gegenüber und dein schlechtes Gewissen dich nicht schon so niedergemetzelt, hättest du souveräner reagiert. Henris Mitteilung zieht dir den Boden unter den Füßen weg, sie ist ätzend und überflüssig, bösartig, unerträglich, etwas, was du dir jetzt nicht aufbürden kannst. Seine Verbissenheit empört dich, warum quält er dich damit, warum nimmt er in Kauf, dein Leben und das deines Mannes zu ruinieren?

Du schreibst ihm, er sei von Rachegelüsten getrieben, eifersüchtig, und dies schon, als du mit Johann nur befreundet gewesen seist. Dein Schwiegervater habe außerdem einen geläufigen Namen und Vornamen, etliche Wehrmachtssoldaten hätten so heißen können, eine Verwechslung sei also nicht ausgeschlossen. Außerdem, falls es stimme, falls Johanns Vater als Dolmetscher SS-Soldaten oder der Miliz beigestanden habe, dürfe man es ihm wirklich nachtragen? Was drohte denn Soldaten bei einer Befehlsverweigerung? Was hätte er, Henri, an dessen Stelle gemacht? Sich an die Wand stellen oder an die Ostfront schicken lassen? Du fügst hinzu, dass du zurzeit ganz andere Sorgen habest, dass er euch in Frieden lassen solle. Auch in seinem eigenen Interesse solle er Ruhe geben, da er sich mit seinem Nachtragen und seinem Groll selbst das Leben unmöglich mache.

Am nächsten Tag und bei gleißend hellem Licht gehst du, den Brief in der Hand, einen Kloß im Hals, die steile Straße zur Post deiner kleinen Stadt hinunter, einen Weg, den du tausendmal mit deiner damaligen Freundin (Suzanne wohnte oberhalb der Post) hin- und hergelaufen bist, als ihr euch gegenseitig nach Hause begleitet habt und euch nicht trennen konntet, drei- oder viermal seid ihr hin- und hergelaufen, die Schultasche schwankend, immer wieder, weil so viel zu erzählen war und der Weg viel zu kurz für solche übermütigen Erzählungen, verrückten Fragen und für heiteren Schülerklatsch. Und jetzt: Der Himmel ist immer noch knallblau, aber das Gewissen schwer, die Unschuld verschwunden. Du schickst den Brief ab, obwohl du jetzt schon das Gefühl hast, dass deine Reaktion oberflächlich ist und deine Eifersuchtsanschuldigung niveaulos, aber noch stehst du zu deiner Wut. Henri ist dir auf einmal verhasst.

Du verbringst nur eine Woche bei deinen Eltern. An jedem Tag ist dir bitter bewusst, dass du deine Mutter vielleicht nicht wiedersehen wirst oder nur als Sterbende. Gleichzeitig hoffst du noch auf das Wunder einer Genesung, hoffst, der Arzt habe eine Fehldiagnose gestellt, du glaubst an einen göttlichen Schutz, deine Mutter als Ausnahme, als einzig Gerettete unter tausenden Krebskranken. Du möchtest ihr näherkommen, sie nach ihrer Kindheit fragen, ob sie etwas weiß über ihre leibliche Mutter? Haben ihre Adoptiveltern ihr etwas offenbart? Du versuchst mehrmals das Thema anzuschneiden, suchst nach den richtigen Einführungsworten, gibst dich geschlagen. Du, feige Louise, traust dich nicht, tröstest dich mit scheinheiligen Argumenten: Wenn sie schweigt, musst du das akzeptieren, du willst sie gerade jetzt nicht quälen, wo ihr doch noch ein paar schöne Stunden zusammen verbringen könnt. Ihr geht zusammen einkaufen, ihr besucht Freunde, du erzählst humorvoll von deinem Leben in Deutschland, du begleitest sie zu ihrer ersten Chemotherapiesitzung, du bittest sie, für dich einen neuen Pullover zu stricken, und ihr geht zusammen Wolle kaufen, sie bleibt melancholisch, wird aber nie larmoyant, du bewunderst ihren Mut, ihre Würde. Du verstehst Johanns Res-

pekt vor der Privatsphäre seiner Eltern nun besser. (Und doch wieder die Frage: Gehören Kriegsverbrechen zur Privatsphäre der Eltern?)
Kurz vor deiner Abreise ruft er dich an. Martha, für die er geblieben ist, sei abgehauen, man suche sie überall, ihre Eltern hätten eine Vermisstenanzeige aufgegeben. Marthas Freunde wollten oder könnten keine Auskünfte geben. Man wisse nicht einmal, ob sie allein oder mit einem Freund oder einer Freundin abgehauen sei. Sie habe nur eine kurze Mitteilung hinterlassen, dass sie die Nase voll habe von der blödsinnigen Paukerei und sich ein anderes Leben wünsche als das stumpfsinnige Dasein eines Apothekers und einer frustrierten Hausfrau. Johann spricht hektisch und hechelt schwer, als hätte er eine Rennstrecke hinter sich. Du fragst nach einem eventuellen Streit, was Martha überhaupt gegen ihre Eltern habe. Was sie zu einer solchen Rebellin gemacht habe. Der Brief von Henri spult sich auf einmal in deinem Kopf ab. Hat Martha die Vergangenheit deines Vaters recherchiert? Die Worte sind dir unwillkürlich über die Lippen gerutscht. Johann stockt, verblüfft, verstört. Wieso? Wie kommst du darauf? Was hat das jetzt damit zu tun? Es folgt eine müde Tirade über Marthas Charakter, dass sie schon als kleines Kind schwierig gewesen sei. Jede Nacht habe sie geschrien. Ein cholerisches Kind, das schon in der Grundschule Probleme mit den Lehrern bekommen habe, mit fünf Jahren sei sie schon allein in den Wald gegangen, einen ganzen Nachmittag lang, um einer Strafe zu entgehen, ihre erste kleine Flucht, und es seien viele gefolgt. Ein Fehler des Va-

ters sei es sicher, Martha gezwungen zu haben, das Gymnasium zu besuchen, Abitur zu machen, der schulische Druck habe alles verschlimmert. Er habe es aber gut gemeint, der Vater, wenn wir mal Kinder haben, meine kleine Lou, würden wir ihnen doch auch die besten Zukunftschancen geben wollen, oder?
Wenn wir Kinder haben. Ihr habt euch noch nicht ernsthaft über dieses Thema unterhalten. Johann hat seine Doktorarbeit noch nicht beendet. Doch mit diesem Satz siehst du wieder ein Licht am Ende des Tunnels. Ein Kind. Du wirst mit deiner Mutter über das Baby sprechen, das du dir für bald wünschst, damit deine Mutter es erlebt, sie wird sich darauf riesig freuen, ich wünsche dir einen Sohn, wird sie sagen, Jungs haben es besser. Und auch du willst einen Sohn, einen Sohn, der wie Johann aussieht, einen kleinen deutschen Sohn, der so viel Licht in sich trägt und so weit vom Zweiten Weltkrieg entfernt ist, dass ihm niemand mehr vorwerfen wird, sein Großvater könne ein Nazi gewesen sein. Du wünschst dir, dass er einfach ein unbeschwerter, selbstbestimmter Mensch werden kann.
Du hörst Johanns Stimme, der sagt, ich vermisse dich, ich liebe dich, ich brauche dich, und auch du spürst deine Liebe, die wieder aufflammt und dich wärmt, du liebst Johann so sehr in seiner Angst um die Schwester, in seiner Zerbrechlichkeit, in seiner von dem Vaterland unterdrückten Lebenslust, dass du ihn sofort in die Arme schließen möchtest. Du spürst in dir die Kraft, Zweifel, Ängste, Selbstlügen und Feindseligkeit zu löschen, du, Johann und euer Sohn, ihr werdet eine neue Welt erschaffen.

Die Zwillinge

Der Tod deiner Mutter schmerzt und schockiert dich, als sei er eine böse Überraschung gewesen. Sie ist tot, deine kleine Mutter, die täglich den Vater um Haushaltsgeld bat, die fiebrig einmal im Monat auf den Briefträger wartete, der ihr das Kindergeld brachte, das einzige Geld, das sie für euch nach Belieben ausgeben durfte, die Frau, die ihre Schwiegermutter verabscheute, die sich, von der Familie deines Vaters so verachtet, so einsam fühlte, dass sie ihre Sorgen in offene Kleiderschränke hineinflüsterte. Zu spät, es ist zu spät, und unerträglich das Gefühl des Ungültigen, des Unwiderruflichen, dein eigenes Schweigen und deine Ohnmacht ihrem Unglück gegenüber, dein Schuldgefühl gegenüber dieser Mutter.

Sie hat noch ein Jahr gelebt und von der Geburt eurer Zwillinge erfahren. Ach, ihre schwache, aber glückliche Stimme am Telefon, als sie dir, euch gratuliert. Sie stirbt zwei Tage später und ihr müsst euch von Freunden und Verwandten viel Unsinn über Seelenwanderung anhören, über das Gesetz des ewigen Wandels und so weiter. Du aber, die du so nüchtern tust und weder an Gott noch an ein Leben nach dem Tod glauben willst und davon überzeugt bist, dass deine Mutter dich nie mehr hören und sehen wird, du denkst dich zur Beerdigung, beide Babys auf den Armen gehst du hinter dem Sarg her und redest mit ihr von deinem Wöchnerinnenbett aus, sprichst auf sie ein, tröstest sie, sagst ihr, dass jetzt alles gut sei. Und während sie weiter in deinem Kopf strickt, während dich das Klicken der Stricknadeln begleitet, summst du ein deutsches und ein französisches Schlaflied. Millionen Maschen hat die kleine Mutter dirigiert, während ihr Leben zerfaserte und schließlich riss. Das Klicken der Stricknadeln wird mit der Zeit leiser werden, aber die kleine Mutter flüstert jetzt in dich hinein, ihre leise Stimme hat sich für immer mit deiner verflochten.

Entzweit man die Liebe, wenn man Zwillinge bekommt, oder verdoppelt sie sich, fragt dich Francine in einem Brief, oder sind die Zwillinge doch nur eine Entität, beide Seiten einer Medaille? Man stellt sich solche Fragen nicht, antwortest du, man wäscht Windeln, füttert, streichelt, passt auf, dass sie ruhig schlafen, die Nahrung behalten, man singt, gestikuliert, küsst, wiegt, schläft wenig, klagt ein bisschen, dass man erschöpft sei, und die Kinder werden größer, krabbeln, sprechen Namen. Ein Vogel, sagt Johann. Un oiseau, sagst du. Wie ein Vogel hat bei euch jeder Begriff zwei Flügel.

Bald sind aus den Zwillingen Geschwister geworden, zwei verschiedene Kinder, zwei Jungen, die ihr liebt, jeden für sich. Johann verbringt viel Zeit vor der Wiege, vor dem Kinderwagen, gibt Fläschchen und fürchtet sich sehr, es könne ein großes Unglück passieren. Mücken, Wespen, Katzen, der plötzliche Kindstod. Er schaut sich seine Söhne an und staunt, wie er nur Kinder in die Welt des Kalten Krieges und der ersten großen Energiekrisen setzen konnte.

Einige Jahre danach

Die Herkunft deiner Mutter war ein Tabu. Auch du hast deine Mutter totgeschwiegen. Aber manchmal, wenn du heute beobachtest, wie selbstverliebte Menschen von ihren verkrachten Existenzen in Fernsehsendungen berichten oder im Internet ihre kleinsten seelischen Regungen ausbreiten, empfindest du viel Mitgefühl und Zuneigung für diese Eltern, die nicht so viel Aufhebens um sich selbst gemacht haben, ihre Kindheitstraumata nicht breitgeschlagen haben, dem eigenen Kummer das Recht streitig gemacht haben, das Leben anderer zu verdunkeln, weil es nichts ändert zu klagen, weil man nur damit auffällt und andere belästigt.

Henri hat sich nicht mehr bei dir gemeldet, sein Schweigen: ein Schweigen der Verachtung. Francine schreibt ab und zu einen kleinen Brief, sie führe mit ihm eine komplizierte, aber interessante Beziehung. Er lehne es ab zu heiraten. Sie meint ebenfalls, dass die Ehe eine konventionelle, langweilige Angelegenheit sei, der totsichere Pfeiler der Gleichgültigkeit, eine Bremse der Kreativität, das langsame und seichte Absterben der Liebe und der Sexualität, die Amputation der eigenen Persönlichkeit. Du würdest wetten, dass sie sich über einen Heiratsantrag von Henri freuen würde, sie braucht diesen Liebesbeweis, den

Schwur der ewigen Treue, würde es sich und dir aber nicht eingestehen. Du möchtest die Ehe verteidigen oder die Frage stellen, ob die freie Gemeinschaft der beiden nicht die bequemere Lösung sei, eine offene Tür, die jederzeit die Möglichkeit der Flucht zulässt, du willst aber Francine nicht verunsichern und lässt es sein. Soon ist wieder nach Hause geflogen, niemand hat mehr von ihm gehört, auch seine Adresse hat er niemandem hinterlassen.

Ihr lebt eure Routine und erlebt den Mai 1968 nur mit Abstand und im Rundfunk, keine Revolution, aber eine sonnige Wendung, ein klares Nein zu dem Muff der fünfziger und sechziger Jahre. De Gaulle kehrt den Franzosen enttäuscht den Rücken. In deiner Schule wird viel diskutiert, aber es ändert sich fast nichts.

Martha ist von der Polizei damals sehr schnell auf dem Frankfurter Bahnhof aufgegabelt worden. Dein Schwiegervater hat sie abgeholt. Vor so viel verzweifelter Wut kapituliert er doch noch und akzeptiert, dass sie die Schule abbricht und eine Ausbildung ihrer Wahl macht, nur nicht Friseuse. Sie entscheidet sich für eine Buchhändlerlehre, wirkt aber monatelang niedergeschlagen. Diese Niedergeschlagenheit schlägt in Depression um und muss behandelt werden. Du besuchst sie an einem Abend in ihrem Wohnheim, möchtest mit ihr sprechen, ihr eine große Schwester sein, wenigstens eine Freundin. Wie sehr du selbst eine Freundin brauchst! Sie begrüßt dich mit *Salut, liebes Mädchen*, raucht Hasch, bietet dir einen Joint an, den du dich nicht traust abzulehnen. Ihr kifft und schweigt euch an, deine Versuche, an sie ranzukommen, bleiben erfolglos, sie schaut die Wand an, bis sie dich plötzlich anschreit, du, was bist du eigentlich für ein charakterloses Weib! Sie grinst, hebt die Stimme: Du seist auf Johann und seine Familie hereingefallen, eine naive Französin, eine Ignorantin, ein Gutmensch ohne jegliche politische und moralische Ahnung. Du bittest sie, dir wenigstens zu erklären, warum sie sich dieses vernichtende Urteil erlaubt, deine Beherrschung macht sie jetzt rasend, sie schenkt sich ein Glas Wein nach dem anderen ein, nein, liebes Mädchen, es verträgt sich nicht mit meinen Medikamenten, sie lacht hämisch, schimpft lallend auf die Scheißgesellschaft, die Scheißeltern, das Scheißleben. Zu Hause weinst du bitter, Johann schläft schon, du versuchst, auf dem Balkon den wahren Grund deiner Verzweiflung herauszufinden, vergeblich, es ist, als könntest du den Text eines Chansons aufgrund zu lauter Begleitmusik nicht mehr hören. Die Nacht ist kühl und zu dunkel, das Licht der Straßenlaternen zu traurig. Im Bett wärmt dich der Körper deines Mannes, der gleichmäßig atmet.

Kurz vor der Abschlussprüfung gibt Martha ihre Lehre auf, arbeitet zwar hilfsweise in Buchhandlungen, bleibt aber depressiv, verschwindet manchmal für ein paar Monate. Deine Schwiegermutter leidet und jammert die üblichen Floskeln, womit sie das verdient hätten, das Kind habe doch alles, was es sich nur wünschen könnte. Johann ist inzwischen Doktor der Pharmazie und arbeitet bei seinem Vater. Er klagt nicht, aber du weißt, dass er sich in der Apotheke langweilt. Er hätte gern eine Forschungsarbeit angenommen, aber er will seinen Vater nicht enttäuschen, verkauft Medikamente und nimmt öfter an Kongressen teil, um rauszukommen. Er interessiert sich für Phytotherapie und hat sich hinten im Laden ein kleines Labor eingerichtet. Er versucht, bestimmte Wirkstoffe aus Pflanzen zu extrahieren, Lösungen und Tinkturen herzustellen, Experimente, die aus Mangel an Mitteln und Zeit ungenügend bleiben. In den Sommerferien fahrt ihr in die Alpen zu deinem Vater, der einsam und freudlos mit deiner jüngsten Schwester lebt. Er verträgt den Lärm der Zwillinge nicht, die rücksichtslos die Holztreppen hinuntersausen, die Türen knallen und sich bei jedem Spiel streiten. Ihr wandert mit ihm, sein Schritt ist langsam geworden, du übst dich in Geduld, wartest auf ihn und auf die Kinder. Du wartest im flimmernden Licht. Die Augustsonne brennt dir Falten um den Mund.

Noch immer steigt ihr jeden Sommer mit Christoph auf den Dôme de Neige des Écrins. Das hartnäckige Ritual hilft euch allen dreien. Johann, der sich jedes Mal darüber freut, dass er es trotz der Angst und der Atembeschwerden geschafft hat, Christoph, der seine verstorbenen Freunde auf diese Art ehrt und wieder ins Leben ruft, dir, weil du den Aufstieg als Befreiung empfindest, als Belohnung nach Tagen, in denen du stets für deine Familie da warst, nur nicht für dich. Wenn du unterhalb eines gefährlichen Gletscherabbruchs stapfst, wenn du eine Spalte überschreitest, wenn du am Gipfel gegen den Wind kämpfst und vor Müdigkeit und Kälte zitterst, wenn du die gleißende weiße Weite ansieht und Christophs ernstes, aber friedliches Gesicht beobachtest, umarmst du Johann wie am ersten Tag.

NEUE BÜCHER 2016

HANSER HANSER BERLIN

Man versteht natürlich, dass Carola ihren Partner zuweilen nicht mehr erträgt – zu bequem hat er sich in seiner Mittelmäßigkeit eingerichtet. Nur notfalls kann er zu stärkeren Emotionen bewegt werden, etwa, als Carola ihn verlässt. Wie es Verlassenem und Verlassender danach ergeht, steht in Wilhelm Genazinos neuem, so witzigen wie bösartigen Roman.

160 Seiten. Gebunden. Auch als E-Book. HANSER

Ca. 160 Seiten. Gebunden. Auch als E-Book. HANSER

Louise wächst in Frankreich auf, Johann in Wes deutschland. An einer französischen Uni lerne sie sich kennen, heirate ziehen nach Deutschlan Doch es ist kein einfache Leben in der neuen Hei mat. Sylvie Schenk erzählt mit großer Klarhe und Wucht von der Befr ung einer Frau: ein neu Blick auf die Nachkrieg zeit, ein Lebensbuch.

Es ist ein Tag wie jeder andere. Eine junge Familie fährt in das neue Wochenendhaus auf dem Land. Doch wer ist dieser böse, abweisende Junge an der einsamen Tankstelle? Was geschieht, als die helle, freundliche Welt auf einmal ins Schreckliche kippt? Mit größter Intensität erzählt Rathgeb von Angst und Unsicherheit, die in jedem Leben ist.

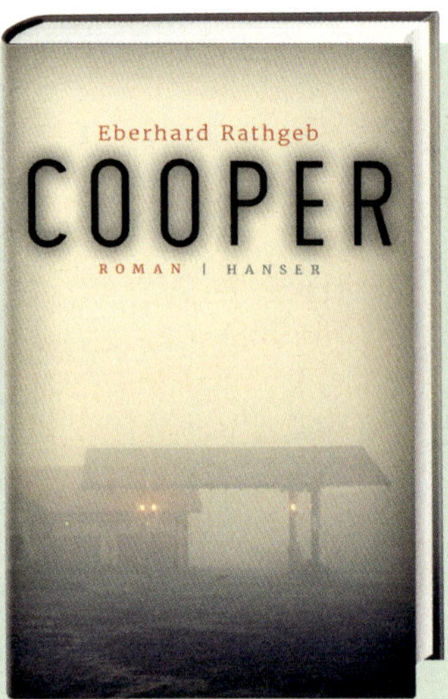

144 Seiten. Gebunden. Auch als E-Book. HANSER

BOTHO STRAUSS
Oniritti Höhlenbilder

HANSER

Ca. 240 Seiten. Gebunden. Auch als E-Book. HANSER

Oben die helle Welt, unten das Dunkel: Schon auf dem Weg durch die Stadt gibt es überall Höhleneingänge, auf dem Weg der Liebe, der Gerechtigkeit oder dem Weg des Spiels. Botho Strauß erkundet unsere gegenwärtige und alte Bilderwelt, entziffert die Schrift auf den Höhlenwänden der Nacht.

Ca. 224 Seiten. Gebunden. Farbiges Vorsatzpapier. Auch als E-Book. HANSER

www.navidkermani.de

Navid Kermani schreibt einen Liebesroman ganz eigener Art.

Ein Schriftsteller hat einen Roman über seine Jugendliebe geschrieben. Nach einer Lesung steht eine Frau vor ihm, die er nicht erkennt. Aber sie ist es trotzdem. Er ist jetzt Autor, sie seine Figur – und aus dem Mädchen von damals ist eine anziehende, aber verheiratete Frau geworden. Die Situation wird etwas komisch: Man sitzt zusammen, trinkt Wein, grübelt über die Liebe, ihr Mann sitzt im Nebenzimmer – wie soll das enden? Navid Kermanis neuer Roman über die Liebe – tiefgründig, überraschend, witzig.

Anfang 1972: Das Leben liegt noch vor dem Erzähler. Das Problem: Er ist noch nicht geboren, nicht einmal gezeugt worden. Seine Eltern wissen nichts voneinander und haben im Moment ganz andere Sorgen. Wie es dem Erzähler gelingt, die beiden in herrlich komischen, atemlos traurigen Abenteuern zueinanderzuführen, ist größtes Fabulierfeuerwerk.

Ca. 208 Seiten. Gebunden. Besondere Ausstattung
Auch als E-Book. HANSER

Ca. 160 Seiten. Gebunden mit Abb. Auch als E-Book. HANSER

1. Januar 2016. Sibylle Berg ist in Tel Aviv, besucht Familie und Freunde, draußen gehen die Böller los. Moment mal, Silvesterknaller gibt es hier nicht. Was sich abspielt, ist kein Fest, es ist ein Anschlag. Sibylle Berg erzählt, wie die Welt war, als wir noch Fernweh hatten, und wie sie heute ist: zum Weglaufen. Aber wohin?

Ü.: Nikolaus Stingl. 352 Seiten. Gebunden
Farbiges Vorsatzpapier. Auch als E-Book. HANSER

www.emmacline.com

»Ein brillanter, zutiefst überwältigender Roman.« **Richard Ford**

Kalifornien, 1969. Evie Boyd ist vierzehn und will unbedingt gesehen werden – aber weder Eltern noch Freunde beachten sie. Dann begegnet sie den *Girls*. Das Haar, lang und unfrisiert, die Kleider, ausgefranst. Unter ihnen ist auch die ältere Suzanne, der Evie verfällt. Mit ihnen zieht sie zu Russell, einem Typ wie Charles Manson. Gerüchte von Sex, wilden Partys, Einzelne, die plötzlich ausreißen. Evie gibt sich der Vision grenzenloser Liebe hin und merkt nicht, wie der Moment naht, der ihr Leben für immer zerstören könnte.

»Ein großes Wagnis, dem man sich nicht entziehen kann.«

Christian Berkel

Lottos Charme bezwingt jeden, Mathildes Schönheit wirft ein Schimmern an jede Wand. Sie lieben und begehren einander, heiraten, ziehen nach New York. Ist es glückliche Fügung, oder lenkt hier jemand mit kühlem Verstand die Geschicke? Ahnt Lotto, welchen Zorn Mathilde hinter ihrem Lächeln verbirgt? In einer vor Energie pulsierenden Sprache entwirft Lauren Groff das Bild einer Ehe, hinter deren Glanz sich schleichend etwas Dunkleres offenbart.

www.laurengroff.com

Ü.: Stefanie Jacobs. 432 Seiten. Gebunden m. Lesebändchen
Farbiges Vorsatzpapier. Auch als E-Book. HANSER BERLIN

Als ihr Mann früh stirbt, verfällt Nora Webster in einen Schockzustand. Es ist das ländliche Irland der 60er Jahre, in dem sie nun versuchen muss, sich in einem selbstbestimmten Leben als Frau und Mutter von vier Kindern zurechtzufinden. Katholisch, unkonventionell und mit grimmiger Intelligenz sucht Nora neue Wege für sich und ihre Kinder.

Ü.: Giovanni und Ditte Bandini. 384 Seiten. Gebunden. Lesebändchen Farbiges Vorsatzpapier. Auch als E-Book. HANSER

HANSER

MARGRIET DE MOOR

Schlaflose Nacht

Niemand hätte gedacht, dass sie bleiben würde, nachdem ihr Mann tot war – nach dem »Unglück«, dem Schuss im Gewächshaus. Sie blieb, behalf sich mit flüchtigen Begegnungen mit Unbekannten – doch die Erinnerung an ihren Mann ließ sie nicht los. Warum hatte er es getan? Eine schmerzliche Liebesgeschichte.

Ü.: Helga van Beuningen. 128 Seiten. Gebunden Farbiges Vorsatzpapier. Auch als E-Book. HANSER

Ü.: Markus Lemke. 512 Seiten
Gebunden. Auch als E-Book. HANSER

Ein gigantischer Streik. Skrupellose israelische Geschäftsleute. Und die politischen Ränkespiele einer amerikanischen PR-Agentur. Mit meisterhaftem Blick für die globalen Zusammenhänge legt der israelische Schriftsteller Nir Baram seinen Finger in die offenen Wunden eines Systems, das vom Hunger nach Geld und Macht beherrscht wird.

Unter dem Schock einer alarmierenden Diagnose verbringt ein Wiener Musikwissenschaftler eine schlaflose Nacht. Im Geiste begibt er sich noch einmal an die Orte einer Forschungsreisen im Orient. Mit Leidenschaft und Sprachgewalt erzählt Mathias Énard on der historischen Passion des Westens für die orientalische Kultur.

Ü.: Holger Fock und Sabine Müller. Ca. 480 Seiten mit Abbildungen
Gebunden. Farbiges Vorsatzpapier. Auch als E-Book. HANSER BERLIN

Eduardo Halfon wird bei einem Vortrag irrtümlich als »Signor Hoffman« vorgestellt. Sind wir nicht alle Hoffman, fragt er sich, ob nun der Schauspieler Philip Seymour oder der Schriftsteller E.T.A.? Mit dem Witz von Woody Allen erzählt er, wie verhängnisvoll Identität und Namen sein können.

Ü.: Luis Ruby. Ca. 176 Seiten. Gebunden. Auch als E-Book. HANSER

ARIS FIORETOS
Mary
ROMAN / HANSER

Ü.: Paul Berf. 352 Seiten. Gebunden
Bedrucktes Vorsatzpapier. Auch als E-Book. HANSER

Mary ist eine junge Frau, die sich unter der griechischen Militärdiktatur entscheiden muss: für ihren Freund einen Anführer der aufständischen Studenten – oder für das Kind mit dem sie schwanger ist. Aris Fioretos beschreibt kraftvoll die existenzielle Krise eine Frau, die vor einem un lösbaren Konflikt steh

ALEXEI MAKUSHINSKY
DAMPFSCHIFF NACH ARGENTINIEN
ROMAN
HANSER

Ü.: Annelore Nitschke. 352 Seiten. Gebunden
Lesebändchen. Bedrucktes Vorsatzpapier. Auch als E-Book. HANSER

Als der Erzähler Ende der 80er Jahre in Paris Alexandre Vosco trifft, kennt er nicht einmal den Namen des russischen Architekten. Noch Jahre später lassen ihn die Erinnerungen an Voscos Erzählungen nicht mehr los. Die schillernde Lebensgeschichte eines weltberühmten Architekten und ein atemberaubendes Panorama des 20. Jahrhunderts.

Sie waren dreizehn auf ihrer Flucht, jetzt sind sie nur noch fünf. Eine ·ruppe illegaler Migranten wurde von skrupelosen Schleppern in der Steppe östlich der Karaten ausgesetzt. Ob sie e Grenzen ihres Landes rklich überquert haben, ·fahren sie lange nicht. mmy Wieringa erzählt mitreißend von Zeiten ·s Umbruchs in Europa.

Ü.: Bettina Bach. 272 Seiten. Gebunden. Auch als E-Book. HANSER

Furios, gewaltig, universell: Raoul Schrott verbindet das Wissen der Welt mit Literatur und Poesie und unternimmt den Versuch, unsere wissenschaftlichen Erkenntnisse literarisch umzusetzen. Im großen Format und besonders schön ausgestattet.

848 Seiten. Gebunden
2-farbig. 2 Lesebändchen
Farbiges Vorsatzpapier. HANSER

MICHAEL KÖHLMEIER

KONRAD PAUL LIESSMANN

Wer hat dir gesagt, dass du nackt bist, Adam?

Mythologisch-philosophische Verführungen

HANSER

Ca. 240 Seiten. Gebunden
Farbiges Vorsatzpapier. Auch als E-Book. HANSER

Literatur trifft Philosophie! Zu zwölf Schlüsselbegriffen unseres Lebens erzählt Köhlmeier eine Geschic te – anschließend zeig der Philosoph Liessman in seiner Deutung, wa das über die Spielrege unserer Welt sagt. Ein großartiger Dialog, ein wunderbares Denk- und Lesevergnügen.

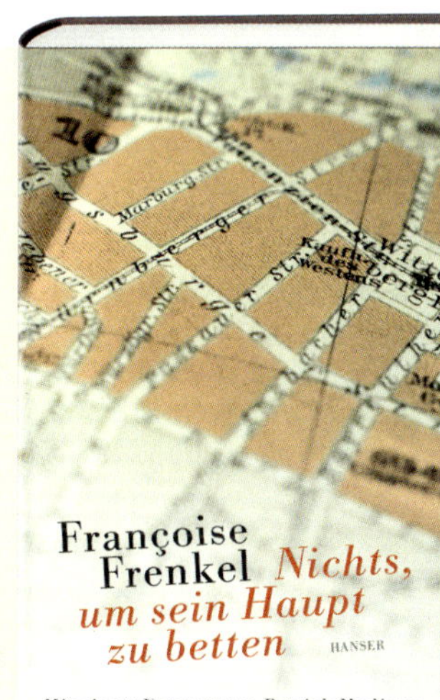

Aus Liebe zur Literatur eröffnet die Jüdin Francoise Frenkel nach dem Studium in Paris 1921 die erste französische Buchhandlung in Berlin. 1943 schrieb sie die Geschichte ihrer Flucht durch das besetzte Frankreich bis in die Schweiz. Jetzt erscheint dieses bedeutende Zeugnis mit einem Vorwort von Patrick Modiano erstmals auf Deutsch.

Elisabeth Edl. Vorwort von Patrick Modiano
Ca. 288 Seiten mit dokumentarischem Anhang
und Abb. Gebunden. Auch als E-Book. HANSER

Kann ein russischer Laden in Leipzig ein Zuhause sein? Dort ver-
ringt Leonid Kapitelman
eine Tage, bis sein Sohn mehr über die eigent-
che Heimat seines meist griesgrämigen Vaters wissen will. Ihre Reise nach Israel wird zu einem sehnsuchtsvoll-
omischen Spaziergang auf einem Minenfeld der Paradoxien.

288 Seiten. Gebunden. Auch als E-Book. HANSER BERLIN

Carl Hanser Verlag, Vilshofener Straße 10, 81679 München. Alle Bücher gibt es in Ihrer Buchhandlung. Stand: Mai 2016. Umschlagbild: © Frédéric Cirou/Photoalto/laif

Weiter, das Leben

Das Zeichnen hast du aufgegeben und du hast lange Zeit deine Schreiblust ignoriert. Die Arbeit, die Erziehung der Zwillinge, vor allem aber die Mischung der beiden Sprachen, die in dir kollidieren, haben dich gebremst. Nach und nach gewinnt Deutsch dank deiner Lektüren die Oberhand und du beginnst wieder zu schreiben, jetzt in deiner Fremd- und Liebessprache, so sehr fasziniert dich das Deutsche, sein Reichtum, seine Windungen, seine Schwierigkeiten. Diese Sprache funkelt: ein nie aufhörendes Feuerwerk. Und die Einsamkeit, die du immer wieder spürst, ist jetzt deine Verbündete. Gutes Schreiben entspringt der Einsamkeit, ist ein wilder Nebenarm des reduzierten Kommunikationsflusses. Du beginnst mit Erzählungen, die du erst einmal nur für dich schreibst. Du genießt deine gewagten Wortspiele, deine neuen Textexperimente, du verflechtest beide Sprachen. Auch wenn Französisch am Ende schweigen muss, bleibt das Schreiben eine zweistimmige Partitur, du vermischst dein französisches Wesen mit dem deutschen Wortschatz und der deutschen Syntax.

Johanns Vater geht in den Ruhestand. Johann fasst sich ein Herz und lehnt die Übernahme der Apotheke ab. Ein Schock für seinen Vater, der aber nach vielen Diskussionen die Entscheidung seines Sohnes akzeptiert. Johann hat inzwischen höchst beunruhigende Asthmaanfälle, die in den Augen des Vaters euren Umzug in eine weniger feuchte und verschmutzte Stadt rechtfertigen. Dein Mann tritt eine Stelle im Forschungslabor eines Phytopharmaka-Herstellers an und stürzt sich in die Arbeit. Johanns Eltern werdet ihr ab jetzt nur noch zwei- bis dreimal im Jahr sehen.

Johann ist zufrieden mit der Arbeit im Labor, sein Forschergeist blüht auf, privat bleibt er ein zuverlässiger und stets gut gelaunter Ehemann und Vater. Seine Hemmungen und Ängste nehmen allerdings immer mehr zu. Er lehnt es ab, längere Flüge zu machen, in große Städte zu fahren, fühlt sich bedrängt und ängstlich in Menschenansammlungen, hat öfter Atembeschwerden. Ihr findet beide immer wieder ein wenig Ruhe bei euren Sonntagsspaziergängen. Ihr habt Freunde, Lehrer, Kollegen, mit denen du ein eigenartiges Verhältnis pflegst. Weiterhin haftet dir eine folkloristische Seite an, da du noch immer mit Akzent sprichst, Fehler machst und nicht wirklich ernst genommen wirst, du kannst und wirst dich nie so fein und differenziert ausdrucken können, wie du es möchtest. Intellektuelle schüchtern dich ein, da du ihre Sprache nicht beherrschst, niemals also gleichwertig sein kannst. Deine Bekannten sind sich einig darüber, dass du das Herz auf dem rechten Fleck hast und dass du gut zuhören kannst. Immerhin. Bei deiner besten Freundin Susanne (das Pendant zu der Suzanne deiner Kindheit?) merkst du auch eine Art Schadenfreude Frankreich gegenüber, was dich ärgert (und dieser Ärger schlägt auch deinen Anspruch in den Wind, selbst frei von jeglichem Chauvinismus zu sein). Susanne lacht sich ins Fäustchen, wenn Frankreich etwas Unangenehmes oder Beschämendes passiert, z.B. der Erfolg des Front National, sie benutzt gern ironische Begriffe wie La Grande Nation, sie sagt dir öfter, sie sei stolz, deutsch zu sein, sie habe keinen Grund, sich zu schämen, Nestbeschmutzer gehen ihr, sagt sie, auf die Nerven. Sie gehöre zu den Deutschen, die die Selbstgeißelung satthaben. Schließlich sei sie nicht für die Verbrechen des Dritten Reichs verantwortlich. Du hast völlig recht, sagst du und spürst doch, wie fragil und verletzbar deine Freundin ist. Sie ist der Inbegriff des guten Willens, versucht es allen recht zu machen, pflichtbewusst und bescheiden, wie auch Johann. Allein vor dieser Freundin traust du dich, auf Deutsch komplexere Ideen auszudrücken, du zeigst ihr deine ersten deutschen Texte. Sie ermutigt dich zu schreiben und du bist ihr unendlich dankbar. Du schreibst. Du schreibst, du schreibst und schreibst. Bald liest du auch vor, du wirst gelesen, du entdeckst dich selbst wieder und: Du veröffentlichst deinen ersten Roman. Du signierst dein erstes Buch.

Johann interessiert sich nur mäßig für deine literarischen Versuche. Er hatte sich gewünscht, dass du auf Französisch schriebest, eine Hoffnung, die du unerbittlich zerschlägst. Es kommt die Zeit, in der ein Leser sich für dein Schreiben begeistert und sich mit dir darüber austauscht, ihr trefft euch, ihr kommt euch nahe. Das zweite Piano. Einmal im Hotel sagt er: Ihr Französinnen habt eine Leichtigkeit, um die jede deutsche Frau euch beneiden kann. Du stehst auf, ziehst dich an, gehst. Du wirst ihn nie wiedersehen. Ein Seitensprung, es war nur ein Seitensprung. Du fällst wieder auf die Füße.

Johanns Vater stirbt an seinem zweiten Herzinfarkt. Ihr fahrt zur Beerdigung. Du sitzt am Steuer. Johann hustet und macht sich Vorwürfe. Er spricht leise und eintönig, fast ausdruckslos. Der Vater habe um seine Apotheke, das Werk seines Lebens, getrauert, die Verweigerung des Sohnes sei eine schreckliche Enttäuschung gewesen, der Stress des Apothekenverkaufs, der Umzug seines Sohnes, dazu die Sorgen um Martha, dies alles habe sicher sein Ende beschleunigt. Johann beginnt nach Luft zu schnappen, du befürchtest einen dieser schrecklichen Asthmaanfälle, die ihn jetzt öfter quälen. Hinten jammern die Kinder, weil sie sich langweilen und Hunger haben. Die Nachricht vom Tod des Opas, den sie lieb hatten, hat auch sie getroffen. Ein Streit entflammt: Du hältst auf einem Parkplatz an, wirfst den Kindern eine Packung Plätzchen hin, du möchtest alle beruhigen, vor allem dich, kannst es aber nicht, stattdessen beschimpfst du deinen Mann, der sein Aerosol einatmet, wie dumm er sei, sich schuldig zu fühlen, ob er kein Recht auf ein eigenständiges Leben habe. Ob ihr beide kein Recht auf ein eigenständiges Leben habet. Er sei ein sich stets duckender Sohn vor einem autoritären Vater gewesen, ein Feigling, der einmal in seinem Leben die richtige Entscheidung getroffen habe und sich und sie jetzt quäle mit seinen Selbstvorwürfen. Du steigerst dich in die Wut, fragst, ob er überhaupt wisse, wer sein Vater gewesen sei.

Wo war die Nähe zwischen dir und deinem Vater?, fragst du. Du hasst die Autobahn, ihr seid Gefangene, umdrehen geht nicht. Du möchtest aber nach Süden, nach Hause, in die Alpen, Henri wiedersehen, diese verfluchten Scheißdeutschen, Scheißnazis und kranken Nazisöhne hierlassen. Einer der beiden Jungen beginnt zu weinen und der andere fleht euch an aufzuhören, und das nie verblasste Bild deiner Mutter, an deren Mantelzipfel du mit deinen Geschwistern gehangen hast, als sie hatte abhauen wollen, bremst dich sofort. Henris Enthüllungen behältst du für dich. Du entschuldigst dich sogar für deine Heftigkeit und fährst weiter. Alles wieder gut, Kinder, wir sind alle genervt, hat keine Bedeutung. Die Autobahn rollt sich rasend ab, grau, dann dunkel, die Nacht bricht herein, die Scheinwerfer der Wagen auf der Gegenfahrbahn blenden dich, die Kinder fragen, ob es stimme, dass wir eine unsterbliche Seele haben, ja, sagt Johann, jeder hat eine unsterbliche Seele, ich kann mir nichts darunter vorstellen, sagt ein Junge, ob Opas Seele bei der Beerdigung zuguckt?, fragt sein Bruder. Sie schlafen endlich ein, Johann starrt in die Nacht, du beißt auf Kaugummi, es beginnt zu regnen, mach doch den Scheibenwischer an, sagt Johann.

Der Bücherschrank

Auch zu dieser Beerdigung kannst du nicht gehen, da die Zwillinge am nächsten Tag Fieber haben und einen Ausschlag bekommen. Deine Schwiegermutter, dein Mann und Martha fahren allein zum Friedhof, während du auf den Arzt wartest. Du bringst deinen Söhnen eine Limonade, gehst wieder hinunter und stöberst traurig in der Bibliothek deiner Schwiegereltern auf der Suche nach einer kurzweiligen Lektüre. Dein Schwiegervater selbst las zuletzt gern die Krimis von Simenon, die ganze Maigret-Reihe. Eine schöne Bibliothek, deren Glasschiebetüren früher zugeschlossen waren, vielleicht, um Kinderhände vor den Büchern des Marquis de Sade zu schützen, später, um die unordentliche Martha daran zu hindern, wahllos Bücher zu entnehmen und irgendwo im Regen liegen zu lassen. In den zwei unteren Reihen stehen die teuren Kunstbände, die deine Schwiegermutter von ihrem ehemaligen niederländischen Verlobten bekommen hatte. Du öffnest einen Band über Rembrandt und liest eine Widmung des Niederländers an deine Schwiegermutter: Für Dich Allerliebste, Dein Hermann. Diese Worte berühren dich. Deine Schwiegermutter als Madame Bovary, als Inbegriff der Sehnsucht, eine Apothekerfrau aus dem zwanzigsten Jahrhundert, eine andere Geschichte, sicher, denn deine Schwiegermutter träumte nicht wie Emma von einem romantischen Dasein, längst hatte sie sich mit ihrem Alltag abgefunden, sie kümmerte sich um ihre Kinder, kochte und backte gern, spielte Klavier, zog ihren Diamantring an und ihre doppelte Perlenkette (von den jüdischen Freunden gekauft), um ihren Mann ins Theater und zu den schicken Abenden des Automobilclubs zu begleiten, aber tief in ihr klaffte ein Abgrund der Sehnsucht nach einem anderen. Vielleicht betrachtete sie ihren wegen des Krieges verpassten Lebensweg mit Hermann van Laren als verpasste Unschuld, als verpasste Möglichkeit zum Heldentum: Wie hätte sie als Deutsche während des Krieges und der deutschen Besatzung in den Niederlanden gelebt? Hätten sie nicht beide nach England oder Amerika fliehen müssen? Du fährst mit den Fingern über die teuren Bildbände und fragst dich, ob deine Schwiegermutter, jetzt, da ihr Mann gestorben ist, nicht versuchen sollte, den Niederländer wiederzusehen, schon allein, um wieder auf dem Boden der Realität zu landen. Oder um eine reale Freundschaft mit einem alt gewordenen Mann zu erleben, ja, um nicht diese Nostalgie mit ins Grab zu nehmen. Du vergisst Maigret und suchst jetzt unter den französischen Romanen, Klassikern, die dein Schwiegervater so schätzte, nach *Madame Bovary*, ein Werk, das du in deinem Studium gern gelesen hattest. In dem oberen Regal stehen die französischen Autoren, Balzac, Stendhal, Flaubert, Proust, die er früher immer wieder gelesen hat. Und das Bild deines Schwiegervaters überfällt dich wieder, wie er, genüsslich seine Pfeife rauchend, ab und zu an ei-

nem Glas Rotwein nippend, all diese Bücher las und wieder las. Wie sehr du diesen gebildeten Menschen geliebt und bewundert hast. Es tut dir leid, dass du ihn nicht zu seiner letzten Ruhestätte begleiten kannst, und auch, dass du deinen Mann allein mit seinem Schmerz lässt (empfindet er aber wirklich Schmerz?). Du kletterst auf die letzte Stufe der kleinen Leiter, suchst und findest *Madame Bovary* nicht, ziehst dafür den ersten Band von *À la recherche du temps perdu* hervor, vielleicht weil Thema und Titel zu deiner trübsinnigen Stimmung und zu der aktuellen Situation passen oder weil du dich selbst immer ein bisschen gelangweilt hast bei der Lektüre der Empfindungen des Dandys und es jetzt zur Erinnerung an deinen Schwiegervater besser machen möchtest. Du setzt dich mit dem Buch in den Sessel, du schlechte Mutter, die sich jetzt taub stellt und das Rufen eines Sohnes ignoriert, ihm nur schwach antwortet, ich komme gleich, Liebling.
Hast du deinen Schwiegervater mehr geliebt als deinen Vater? Mehr bewundert sicher, du hättest gern einen Vater gehabt, der eine Bibliothek besitzt, der mit dir über Bücher spricht oder dich in deinen Lektüren führt und berät. Du öffnest das Buch, als würdest du den Atem und die Fingerkuppen des gebildeten Apothekers spüren, der in diesen Seiten geblättert hat. Und du erschrickst. Die erste Seite trägt ebenfalls eine Widmung, nein, keine Widmung, sie trägt den Namen des Besitzers dieses Buches: den Namen von Henris Vater.
Du brauchst einige Atemzüge, um zu verstehen, was du siehst. Und dann steigst du wieder auf die Leiter und öff-

nest alle Werke aus demselben Regal. Fünf der Bücher tragen den Namen von Henris Vater. Pierre Lagarde. Er gehörte wohl zu den misstrauischen und stolzen Buchbesitzern, die sich ihr Eigentum auf diese Art bestätigen, es sei denn, er wollte den deutschen Plünderern die dunkle Kraft seines Namens entgegensetzen und sie zu einem zusätzlichen barbarischen Akt zwingen: die erste Seite herauszureißen. Dein Schwiegervater aber hat sich nicht mal die Mühe gemacht, diese erste Seite zu entfernen. So egal war ihm die Tat – oder so groß war sein Respekt vor Büchern.
Du ziehst deine Hand aus den Seiten, als hättest du dich verbrüht. Es hat geklingelt. Der Arzt unterbricht deine Grübelei. Du begleitest ihn ins Kinderzimmer und wartest schweigend auf seine Diagnose. Die Kinder, sagt er, haben die Windpocken. Du wirkst so abwesend, dass er dich fragt, ob du ihn verstehest, ob du wissest, was Windpocken seien. Es schießen dir Tränen in die Augen. Windpocken, sagt er, ist doch nichts Schlimmes, ich verschreibe Ihnen jetzt die Medikamente. Als du ihn zur Tür begleitest, möchtest du diesem fremden Menschen, den du zum ersten Mal in deinem Leben siehst, am liebsten alles erzählen, dein Leben, Johanns Leben, sein Asthma, sein Schweigen, dein Schweigen, dass der Pulli, den du trägst, von deiner Mutter gestrickt worden sei, dass du die geraubten Bücher entdeckt habest, du möchtest ihn um Rat und um Trost bitten. Du begleitest ihn weinend die Treppen hinunter, und da er dich verblüfft und beunruhigt ansieht, sagst du, ich weine um meinen Schwiegervater, er wird soeben beerdigt.

Nach der Untersuchung spielen die Jungen friedlich miteinander, vielleicht erleichtert, dass ihre Krankheit relativ harmlos ist oder dass sie der Beerdigung des Großvaters entkommen konnten. Du weißt, dass sie große Angst davor hatten. Sie haben alte Spielzeuge von ihrem Vater entdeckt, kleine Bleifiguren, Pferde, Cowboys und Indianer, und bekriegen sich friedlich. Du starrst auf das Haus nebenan, ein weißes Haus mit Swimmingpool, heute leer, da alle Nachbarn zur Beerdigung gefahren sind. Vor der Mauer ein Kirschbaum, dessen Blätter sich zu färben beginnen und sich sanft im Wind wiegen. Große dunkle Wolken sammeln sich am Himmel und schieben sich ineinander, zerreißen sich und werden von weiteren dicken, blumigen Massen verfolgt. Du hast Sehnsucht nach den Spaziergängen im Wald, die du so oft mit Johann unternommen hast, als ihr hier gewohnt habt, du sagst den Kindern, sie sollen brav sein, du wollest nur die Medikamente holen, bald sei der Papa wieder da. Und du läufst in den Wald, läufst schnell bis zur Erschöpfung, legst dich auf den Boden, der von Blättern bedeckt ist, riechst an der Erde, steckst deine Hände in das gefallene Laub.

Dir fällt ein, dass du die fünf Bücher auf dem Salontisch liegen lassen hast, das eine liegt vielleicht noch da, offen, mit dem Namen von Henris Vater. Trotzdem gehst du nur langsam zurück zum Haus. Der Himmel ist jetzt eintönig grau, es hat angefangen zu regnen, ein Sprühregen, unbehaglich, schmutzig.

Du klingelst, da du keine Schlüssel hast. Die Tür öffnet dir Martha, eine Martha, die euch gestern Abend schon mit ihrer Freundlichkeit überrascht hat. Von euch allen war sie die Entspannteste. Sie hatte das Abendessen vorbereitet und euch lächelnd bedient, später tröstend mit der Mutter geredet. Du konntest nicht umhin zu denken, dass ihres Vaters Tod sie nicht nur überhaupt nicht bedrückt, sondern vielmehr erfreut oder erleichtert. Du denkst auch an die Worte deiner bösen Großmutter: Man ist erst alt, wenn die Eltern sterben. Martha war jünger geworden.

Du hast das Rezept des Arztes vergessen, sagt sie nur, ich gehe selbst zur Apotheke, geh ruhig rein, Johann ist im Wohnzimmer. Sie schaut nur flüchtig auf deine Hände, dein zerzaustes Haar, deine verweinten Augen und nimmt dich in die Arme. So herzlich war sie noch nie. Komm ruhig rein, wiederholt sie, es ist alles gut.

Vor dem Wohnzimmer bleibst du kurz im Türrahmen stehen. Die Bücher, die auf dem Tisch lagen, sind weggeräumt. Ein Blick zum oberen Regal: Die Lücke, die die fünf Bücher hinterlassen haben, ist sichtbar. Im Wohnzimmer steht nur dein Mann. Er trägt seinen schwarzen Anzug, schaut durch die großen Fenster in den herbstlichen Garten und dreht dir den Rücken zu. Du fragst dich, was er sieht, das Wasser im jetzt entleerten Swimmingpool, den Garten seiner Kindheit, in dem die alten Apfelbäume Obst und Blätter abwerfen, Früchte, die niemand sich die Mühe macht aufzuheben, um Apfelmus zu machen, ob er gar nichts sieht, nur die trübe Vergangenheit seines Vaters, seiner Eltern, seine eigene tiefe Verlorenheit, den Regen, der gegen die Scheibe rieselt, einen stillen, fahlen Regen, der dem Sturm in ihm nicht gerecht werden kann. Dich zieht es zu ihm, du willst ihn anfassen, ihn trösten oder dich an ihm trösten. War es schlimm?, fragst du. Wo ist Mutti? In ihrem Zimmer, sagt er, ohne sich umzudrehen, sie zieht sich um. Seine Stimme verrät keine besondere Emotion. Die Kinder haben nur Windpocken, sagst du und näherst dich, umarmst ihn von hinten. Ihr atmet, er viel schneller und gepresster als du. Als er sich endlich umdreht, erkennst du kaum sein graues Gesicht, die tieferen Falten, den schiefen Mund, den erloschenen Blick. Er schnappt nach Luft. Martha hat sie vorerst mal zu sich genommen, sagt er. Du löst den Knoten der schwarzen Krawatte, öffnest den Hemdkragen und legst deinen Kopf auf die dunkel betuchte Schulter. Wir sollten sie Henri schicken, sagt er.

Schon lange hat er seine Lippen nicht so fest und so gierig auf deine gelegt, schon lange haben sich eure Zungen und euer Atem nicht so gemischt, ihr küsst euch, als sei es ein Abschied, ihr küsst euch, um mit euren Zungen, euren Lippen ein Bündnis zu schließen, du spürst seine Atemzüge, die deinen Mund füllen, er japst nach Luft und küsst deine Wangen, deine Stirn, deinen Hals. An diesem Abend schweigt er noch und küsst und atmet, atmet. Vielleicht wird er jetzt sprechen, vielleicht wird er auch weiter schweigen und hecheln, du aber kannst ihm heute eine Stimme geben.

Damals, sein Leben

Gebrüllte Worte, Chaos, Schutt und Asche, Panik, das Ende der Welt. Er hört heulende Sirenen, ein Aufruhr, er rennt an der Hand der Mutter hinter mehreren Menschen her, alle rasen, seine Mutter hält ihn fest, ihre Finger zermahlen seine Hand, er weiß, dass er nicht klagen darf, möchte sich aber am liebsten aus dem klammernden Griff befreien, er kennt schon die Worte Bombe, Bombenalarm, Bombenangriff, da muss man schnell rennen und Deckung suchen, er dreht sich um und sieht weiter weg ganz hohe Flammen, einen Himmel in Flammen, er wird weitergezerrt, stolpert, seine Mutter hebt ihn auf und rennt weiter, und als sie den Bunker erreichen, hört er wieder hinter sich einen ungeheuren Krach, sie klemmen sich ein zwischen die großen Menschen, er steht wieder auf dem Boden, riecht die feuchte Wolle eines Mantels, spürt einen Ellbogen an seinem Kopf, vor allem Schreie überall, als man den Krach einer Bombe hört, die stürzenden Häuser, eine böse Frau schreit lauter als alle, schreit Ruhe, Ruhe! Sie gibt Befehle, lässt alle verstummen, sie hocken miteinander in der Dunkelheit. Seine Mutter schluchzt ganz leise und sie wird von der bösen Frau angeschnauzt, weil er jetzt angefangen hat zu jammern, der Bub solle sofort Ruhe geben. Er hört das heftige Keuchen der Mutter, spürt im Sekundentakt diesen Hauch auf seinem Haar. Einige Jahre später wird er sich daran erinnern, als er selbst mit Windpocken im Bett liegt und schwitzt und seine Mutter ihm ins Haar bläst, um ihn abzukühlen. Er versucht, die Mutter abzuwehren, und augenblicklich erinnert er sich an das Zittern, an das Zähneklappern, wie er sich vor Aufregung geschüttelt hat, Angst, Angst vor der befehlenden Frau mehr als vor den Bomben.

Als sie im Morgengrauen aufstehen und auf die Straße gehen, sind nur Ruinen vorhanden und ein Staub, der sie alle husten lässt. Sie gehen auf Steinen und Brocken, Ziegeln und Scherben, kaputten Möbeln, Waschbecken, verbrannter Kleidung, dampfenden Holzteilen. Hier und da brennt es noch, er muss über Mauerreste klettern, vor ihm stehen hohe Berge von eingestürzten Häusern. Vor seinen Füßen sieht er einen toten Spatz. Er hebt ihn auf und zeigt ihn seiner Mutter. Ein toter Vogel. Sie gestikuliert mit den Armen über dem Schutt, dort, hier, da unten liegen Menschen. Wirf das sofort weg.

Auf dem Bauernhof

Er kommt auf den kleinen Bauernhof seiner Großeltern. Sein Großvater öffnet ihm den Stall, und das, was er sieht, lässt ihn aufschreien: schwarze Ungeheuer, die Rauch blasen, sich aneinanderpressen und ihm entgegenkommen, er brüllt, rennt weg unter dem Spott der Großeltern, die in Lachen ausbrechen, das sind doch nur Kühe, Dummerchen. Was bist du für ein Angsthase! Er hofft, sich damit zu retten: Es ist nur, weil es hier stinkt, sagt er und macht die Sache noch schlimmer. Ach, was bist du denn für ein feiner Herr, spotten alle. *Ein feiner Herr* wird für ihn eine schändliche Beleidigung bleiben, ein feiner Herr ist jemand, der dem Leben nicht gewachsen ist. Und, kaum beruhigt, muss er sich wieder vor weiteren bösen Tieren in Sicherheit bringen, Gänse sind das, erklärt die Großmutter, weiße, schnatternde Monster, die ihm an die Waden wollen.

Er stillt seinen Hunger, isst Butterbrote, gebratenen Speck, Kartoffeln, Marmelade, Schmalz. Wo sind die Eltern?

Als Erwachsener träumt er manchmal von dieser Zeit bei den Großeltern. Ich sehe nur Bilder, sagt er, er dreht sie beim Erwachen um, wie diese bemalten Bauwürfel, die er als Kind besaß, und schafft es, ein ganzes Bild zusammenzufügen, eine ganze Geschichte. Er sieht eine Kuh, einen

Gänseschnabel am eigenen Bein, eine Großmutter mit blauer Schürze, einen Keller mit Kartoffeln, ein kleines Holzspielzeug, kratzende Strümpfe, eine kratzende Mütze, die er nicht ausziehen darf, und immer wieder sieht er die dunkelbraunen, glänzenden Rillen eines Feldes: Er läuft in einer Furche geradeaus, das Ende des Feldes ist weit entfernt. Als er glaubt, es gleich zu erreichen, verlängert sich das Feld aber und seine Füße sinken in die fette Erde ein, er läuft mühsam weiter mit schwerem Schlamm unter den Sohlen, versinkt bis zu den Waden, klebt fest, will ankommen, aber wo? Ein weiter Himmel, dunkle Wolken, die mit dem Wind ziehen, hinter ihm Menschen, die ihn suchen und seinen Namen schreien.

Er isst am Tisch, in Augenhöhe mit Kartoffeln, Speck, Marmelade.

Eines Tages kommt seine Mutter an. Mit der Großmutter wartet er am Bahnhof. Er erkennt die Mutter nicht sofort, sie trägt schmutzige Klamotten, sieht schlecht aus, ist sehr abgemagert, findet die Großmutter, man muss dich wieder aufpäppeln, hast Schlimmes durchgemacht. Die Mutter streichelt ihm mit der Hand übers Haar. Jahre später, wenn er als Erwachsener, als alter Mann, versuchen wird, sich an seine Gefühle zu erinnern, weil du ihn danach fragst, ruft er immer wieder dieselbe Szene ab: Seine Mutter steigt aus dem Zug aus, ihr Blick wandert hin und her, sie dreht sich, sie sucht nach ihm und der Großmutter. Johann lässt sie mehrmals aussteigen, spürt aber weiter nichts, keine Emotion, als Kind nicht, als alter Mann nicht, es ist einfach nur ein Fakt, die Mutter lebt und ist wieder da. Er möchte sich gern an Freudenschreie erinnern oder sogar an Groll oder Furcht oder nur an ein Erstaunen, aber nein, sagt er, er könne sich an keine Regung erinnern, er sei nicht besonders glücklich gewesen, als die Mutter angekommen sei, auch nicht unglücklich. Mir war es wurst, sagt er. Sie bückt sich zu ihm hinunter, ihr Gesicht ist ihm zu nahe, er klammert sich an die Hand seiner Großmutter. So ist das eben.

Der Vater, erzählt er dir, sei erst mehrere Monate danach gekommen. Auf einem großen Lastwagen zusammen mit anderen Soldaten. Der Vater sei allein ausgestiegen, die anderen seien weitergefahren. Er sei aus dem Lastwagen gesprungen, dann gestolpert und der Länge nach hingefallen, er habe sich hochgerappelt, den Staub von der verlumpten Hose abgerieben, während er um sich geschaut, unter den erschrockenen Wartenden nach seiner Familie gesucht habe. Die anderen Männer auf dem Laster hätten gegrölt. Er, das Kind, könne sich nur an ein vages Gefühl von Scham erinnern, weil der Mann auf dem Boden, angeblich sein Vater, sich so lächerlich benommen habe, dann an eine Regung von Furcht vor diesem bärtigen Mann mit den müden Augen, an den Geruch seines gelöcherten Mantels und daran, dass er hochgehoben worden sei, na du kleiner Mann, kennst du deinen Vater noch? Nein, den Vater kannte er nicht mehr. Er weiß auch noch, wie der Vater die Mutter umarmte und sie ihn, er hatte noch nie einen Mann und eine Frau gesehen, die sich in den Armen lagen und die Wangen aneinanderhielten.

Es gibt auch auch ganz andere Soldaten, die durchfahren

oder im Dorf einziehen, Amerikaner. Sie sind keine Feinde mehr, sondern Freunde, Retter, erklärt der Vater, sie sehen viel sauberer aus als der Vater und seine zerlumpten Kameraden, sie haben picobello Uniformen an und thronen auf tollen Jeeps. Johann hat gelernt, für seinen Vater und für sich selbst auf Englisch zu betteln, do you have cigarettes, chocolate, chewing gum? Als er vierzig Jahre später mit dir einen Treck in Marokko macht und ihr mitten in wüstenähnlichem Gelände von einem Schwarm Kinder angebettelt werdet, schießt ihm diese Erinnerung vor die Augen. Während andere Teilnehmer des Trecks sich umdrehen, den Schritt beschleunigen und protestieren, wie lästig die ewige Bettelei sei, diese Kinder, die aus dem Nichts auftauchen und die Touristen am liebsten nackt ausziehen würden, öffnet Johann schwer atmend sein Gepäck, schenkt Seife und Rasierschaum, seine Stifte, Geld, ein T-Shirt, eine Mineralwasserflasche und muss sich hinsetzen und warten, bis der Asthmaanfall vorbei ist. Die kargen steinigen Berge und die kleinen schwarzen Gestalten, die der Treckbegleiter verscheucht hat, verfolgen ihn aber weiter, in diesen Bildern sehe er, sagt er zu dir, nicht nur eine Kindheitsepisode, sondern die künftige Gestaltung der Welt. Einerseits die Hungernden, andererseits die Gutgenährten, die Privilegierten. Jederzeit, sagt er zu dir, können sich die Fronten ändern, dass die Vollgefressenen irgendwann selbst zu Elendsgestalten werden. Es ist die letzte Reise, die er zusammen mit anderen Touristen macht, weil er den Rhythmus nicht mehr mithalten kann, ohne Erstickungsanfälle zu bekommen, weil er die Enge im Flugzeug nicht mehr verträgt, weil er dem erschrockenen Blick von dir, Louise, nicht mehr standhält, auch weil er das Wort Tourismus als Zwillingswort von Terrorismus versteht, weil seine Nächte von bettelnden Kindern bevölkert werden.

Das Gemüse

Wir sind eine Familie, sagt der Vater, wir haben viel Glück gehabt und wir haben ein Dach über dem Kopf.

Ja, sie haben alle überlebt, teilen sich eine Wohnung mit einer Kriegswitwe, einer aus der Tschechoslowakei nach Hessen geflohenen Frau, die Johann ausführlich erzählt, was der Russe alles verbrochen habe, wie diese Wilden über die Frauen hergefallen seien. Er lernt das Wort Vergewaltigung. Ein größeres Mädchen erklärt ihm, Vergewaltigung sei ficken mit Zwang. Die Familie schlägt sich durch, der Vater hilft in einer Apotheke und verdient zusätzlich Geld mit Dolmetschen und Privatunterricht, Englisch und Französisch. Das große Mädchen ist mit einem Amerikaner befreundet und schenkt Johann eine Banane. Nach wie vor aber ist das Essen sehr knapp. Johann fährt mit sechs oder sieben Jahren allein mit dem Zug zu den Großeltern, um Obst und Gemüse aus dem Garten zu holen. Er hat keine große Angst mehr vor den Tieren und möchte am liebsten dortbleiben, aber er muss zurück, mit einem Korb voll von Kartoffeln, Kohl, Äpfeln und Eiern, da wird sich die Mutti freuen, sagt die Großmutter und hilft Johann in den vollen Zug. Der Junge hält den Korb zwischen den Beinen und weicht den neidischen Blicken der Mitreisenden aus. Die

Großmutter hat ihm auch ein Buch geschenkt, ein Roman von Karl May ist das, der für ihn noch viel zu schwierig ist, denn er ist erst seit einem halben Jahr in der Schule und kann noch nicht so fließend lesen, er muss sich aber während der langen Reise beschäftigen, und Wort um Wort begeistern ihn die Sätze, die sich vor ihm abrollen und langsam, so langsam einen Sinn ergeben und Wunderbares ahnen lassen, also macht er weiter, vielleicht will er auch, dass seine Mitreisenden das begabte Kind bewundern, das schon lesen kann, oder zumindest fragen, was er denn für ein schönes Buch lese. Die Lippen lesen mit, und eine Frau ihm gegenüber fragt gerührt, ob er schon so gut lesen könne, dass er sich einen Karl May vorgenommen habe, und er antwortet, wahrheitsgemäß, na ja, ein bisschen, aber es sei schwierig und alles verstehe er noch nicht. Lächelnd nimmt sie ihm das Buch aus den Händen und liest es ihm jetzt vor. Weitere Reisende hören zu und lächeln auch, Johann hat den entzückten Eindruck, Mittelpunkt zu sein, ihm liest jemand vor, ihm allein, auch wenn andere mitlauschen und die Geschichte genießen. Die Stimme der Frau ist sanft und eindringlich, sie hebt und senkt sich, lässt die Ereignisse und die Beschreibungen aufleben, und das, was er hört, ist eben unerhört, es sind Amerikas Landschaften, Indianer, eine Schlange erhebt sich und zischt zwischen den Steinen, Wildpferde jagen durch die Prärie und dieser Winnetou, ach, was gäbe er darum, diesen Winnetou kennenzulernen.

Die Reise, die ihm sonst immer so lang erschien, verrinnt im Nu, bald kommen sie in der Stadt an, die liebe Vorleserin legt das Buch auf das Gemüse und sagt ihm, ich trage dir den Korb bis zum Ende des Bahnsteigs, bis du deine Mutter siehst, und Johann ist dankbar, so dankbar, dass er am liebsten der lieben Tante die Hand geben möchte, aber er begnügt sich damit, ihr voranzugehen, springt aus dem Zug und schaut nach seiner Mutter, die ihn immer abholt, erblickt sie in der Menge. Dort ist meine Mutter, ruft er der Vorleserin zu, dort ist meine Mutti! Er will den Korb an sich nehmen, aber als er sich umdreht, ist die Frau verschwunden, weg ist sie, von der Menge verschluckt, überall schaut er hin, rechts, links, hinten, rennt weinend zu seiner Mutter, sagt ihr: Mutti, ich sehe die Frau nicht mehr. Welche Frau?, fragt die Mutter. Die Frau, die für mich den Korb getragen hat, aber sie ist mir bestimmt nur vorausgegangen in die Halle, und die Mutter wird wütend, verpasst ihm eine Kopfnuss. Hatte ich dir nicht gesagt, du sollst niemandem trauen, du sollst dich niemals vom Korb trennen, niemals? Trotzdem schauen sie überall, im Warteraum, vor dem Bahnhof. Und er versteht, dass er bestohlen worden ist, dass das Gemüse geraubt ist und Winnetou mit ihm.

Er wird ohne Essen ins Bett geschickt. Er schließt die Augen, hasst die Diebin und wünscht sich sehr, sie würde ihm weiter vorlesen.

Die Moral

Das Leben dreht sich darum: Man soll gehorsam, zuverlässig und fleißig sein. Wenn die Eltern mit Martha in den Urlaub fahren, bleibt Johann zu Hause, um auf die Großeltern aufzupassen, die jetzt bei ihnen wohnen. Er muss auch für den Hund sorgen, eine sabbernde Bulldogge. Er schiebt den Großvater im Rollstuhl in den Garten, hilft der Großmutter beim Spülen und kehrt den Bürgersteig vor dem Haus.

Man soll leise, anständig und fromm bleiben, immer das Richtige tun, das Richtige wird von den Eltern vorgegeben, man braucht nur zu fragen, falls man nicht weiterweiß. Nicht lügen, nicht stehlen, nicht schlagen, nicht Unnötiges fragen. Er geht mit seinen Eltern in die Kirche, um Christus zu loben und zu ehren. Mit zwölf sagt er dem Vater: Christus ist arm geblieben und nackt am Kreuz gestorben, doch kein Erlöser, eher ein Verlierer, oder? Bei uns werden Verlierer verachtet. Du willst doch reich werden, Papi, wir wollen hier alle reich werden, warum müssen wir jemanden verehren, dem wir nie ähneln möchten? Der Vater ist verdutzt, erklärt, dass Jesus sich für die Menschheit geopfert habe, Junge, er ist doch auf die Erde gekommen, um uns zu retten und uns zu vergeben, er hat uns durch seinen Tod erlöst. Und weil Johann ihm einen unergründlichen Blick zuwirft, hebt er die Stimme und vereinfacht die Aussage: Jesus hat für unsere Sünden bezahlt! Wie praktisch, sagt Johann. Das verstehst du nicht, mein Sohn, sagt der Vater, so einfach ist die Sache nicht, wir werden uns darüber mit dem Pfarrer unterhalten, wenn du willst. Johann schweigt. Er möchte den Vater nicht weiter beleidigen, denkt zum ersten Mal in seinem Leben an andere Opfer, die KZ-Opfer, von denen er nur vage und verschwommen gehört hat, und zwar ausschließlich aus Andeutungen von Oma-Amo, die Nazis als Kakerlaken beschimpft und ihm gesagt hat, dass sie unzählige Menschen getötet hätten. Johann traut sich aber nicht zu fragen, ob der Vater in der Kirche vielleicht büßen oder sich vergewissern möchte, dass seine Fehler, falls er welche begangen haben sollte, was unwahrscheinlich ist, wirklich verziehen seien. In Johanns Kopf entsteht aber dieses Bild: Am Fuß des Kreuzes pusten die christlichen Nazis ihre Verbrechen zu ihm hinauf, Christus atmet sie ein und nimmt sie alle mit in den Himmel, wo sie vernichtet werden.

Er versucht einmal, mit seiner Mutter über die Nazis zu sprechen. Sie haben uns die Jugend gestohlen, sagt die Mutter, du hast viel Glück, dass du so klein warst und nichts mitgekriegt hast. Sie sieht so traurig aus, dass Johann nicht weiterfragt.

Das normale Leben

Der Vater übernimmt die Apotheke eines Dorfes am Main und baut zusammen mit seinen Schwiegereltern ein Haus mit Garten. Martha kommt in die Grundschule des Dorfes, Johann auf das Gymnasium. Es fällt ihm schwer, sich im Unterricht zu konzentrieren, obwohl er sich dann zu Hause den Unterrichtsstoff schnell einverleibt, noch bedrückender ist für ihn das Sprechen. Vor der ganzen Klasse zu reden ist eine grausame Angelegenheit, der er sich so oft wie möglich entzieht. Seine Schulbücher seien ihm, sagt er dir, immer freundlich gesinnt gewesen, die meisten Lehrer dafür streng, der Lateinlehrer vor allem. Der hatte nur ein Auge und der Mathelehrer ein Holzbein. Beide haben in Russland die Hölle erlebt, sie sind verbittert und gehässig, füttern unerbittlich ihre Schüler mit schweren Brocken von Wissen, stampfen vor Wut, wenn diese verwöhnten Knaben nichts verstehen und nichts behalten, und einmal passiert im Lateinunterricht Unerhörtes. Der Lateinlehrer erzählt manchmal vom Krieg und schreibt dann auf die schwarze Tafel: Amor patriae nostra lex. Sie sind aber noch in der Sexta und ein Schüler soll an die Tafel die Deklination des Wortes lupus schreiben. Der Lehrer umrahmt mit roter Kreide die falsche Ablativform, nimmt dann den Kopf des Schülers zwischen die Hände, hebt ihn hoch und beginnt ihm ins Gesicht zu heulen. Das Heulen des Wolfs füllt die Klasse, wird zum Bellen, dann zum Knurren, bevor es im schwachen Husten erlischt, und das weinende Kind, vom Lupus losgelassen, fällt auf den Boden, der Kopf ist noch dran, der Schüler aber läuft schluchzend nach draußen, als würde ein Rudel hinter ihm herrennen.

Johann gibt sich Mühe, will keinen Fehler begehen, er weiß, was man von ihm erwartet, er will nur Einser nach Hause bringen. Und er erreicht sein Ziel. In der Oberstufe bekommt er nur hervorragende Noten, außer in Sport und Singen, er ist also in fast jedem Fach der Klassenbeste, er hat erfahren, dass nur Lernen ihm eine gewisse Ruhe bereitet, er muss sich in Logarithmen, in Ciceros Texten, in chemischen Formeln, in langen Vokabellisten verlieren, alle Schwierigkeiten kann er knacken, er muss nur taub bleiben für störende Angelegenheiten, die unruhigen Mitschüler, die quirlige kleine Schwester, die Eigenheiten der Mutter. Ihr hilft er gern beim Kochen, was ihm viel Lob einbringt, ignoriert aber, so gut er kann, dass sie heimlich trinkt, Schnaps unter der Spüle versteckt, den Namen ihres früheren Verlobten weiter vor sich hin murmelt und oft über Herzschmerzen und Rückenschmerzen klagt. Sie geht zum Orthopäden, zum Masseur, zum Kardiologen, zum Pfarrer. Er geht mit der Klasse in die Tanzschule und entdeckt die Welt der Mädchen und dass das Leben sich bunt drehen kann, wenn man einen Walzer tanzt oder noch besser einen Slow, eng gegen die kleinen oder großen Brüste eines jungen Mädchens gedrückt, das flatternde Röcke trägt, und er entdeckt die Welt der Kumpane, wo man zusammen ein Bier trinken, eine Zigarette rauchen, mit seinen Flirts und seinen ausgedachten Liebesgeschichten angeben kann, vor allem fühlt er sich mit dem Freund Ulrich wohl, der mit seinem Vater aus der DDR geflohen ist, ein Draufgänger, der Ulrich, der den braven Johann zu einem mutigeren und lustigeren Leben antreibt. Er geht nicht mehr mit seinen Eltern im Wald spazieren. Aber die Baumblätter fallen weiter, der Schnee bedeckt die Felder, die ersten Veilchen sprießen, der Sommer brennt einem im Schwimmbad auf den Rücken und dann macht er das beste Abitur der Schule, fängt mit dem Studium an und nach dem Vordiplom bekommt er vom Vater die Erlaubnis, ein Jahr in Frankreich zu verbringen. De Gaulle und Adenauer haben ihr Bündnis geschlossen, die ersten Partnerstädte beginnen mit ihrem Schüler- und Studentenaustausch. Ja, er darf nach Frankreich, um sein Französisch auf Vordermann zu bringen. Er bekommt ein Stipendium für Lyon, obwohl sein Vater ihn eher nach Paris oder Bordeaux geschickt hätte. Er fährt nach Lyon, ein Glück, das er sich nicht zu erhoffen wagte, er bekommt ein Zimmer in einem Studentenwohnheim, tauscht seine Roth-Händle gegen Gauloises ohne Filter, schaut sich im Spiegel an: Mit seinem Dreitagebart, seinen wirren Locken, seinem zerknitterten Trenchcoat und seiner moderaten Statur sieht er aus wie ein Franzose. Er wird dort ein ganzes Jahr lang an die Universität gehen, wo er ein anderer, ein befreiter Mensch, er selbst sein darf. Und alle mit seinen Kenntnissen der französischen Sprache verblüfft. Zufällig, an einem Herbstabend, als die Platanen ihre Blätter am Rhôneufer verlieren, wird er sich, von einer Jazzmusik angezogen, zu dem Lokal Les Deux Pianos begeben und dort im Halbdunkel der verrauchten Kneipe Henri, Soon, Francine und dich, Louise, kennenlernen.

Ende

Ihr seht euch selbst aus der Ferne, zwei kleine Menschen, die im Parc de la Tête d'Or Tretboot fahren und plaudern. Das Wasser glitzert um euch herum, die Zeit ist noch unschuldig.

Henri und Francine haben eine Tochter bekommen, leben aber seitdem getrennt. Henri fühlte sich hintergangen, sagte, er sei nicht in der Lage, dem Mädchen die Lebensfreude zu schenken, die jedem Kind gebühre. Francine lebt heute allein in Marseille, in der Nähe ihrer Tochter. Sie ist wie du Lehrerin geworden, spielt aber weiter in einer renommierten Laientheatergruppe. Ihr schickt euch heute E-Mails, besucht euch manchmal in den Ferien.

Henri habt ihr zufällig in einer Musiksendung im Fernsehen wiedererkannt. Als die Kamera die Trippelbewegungen seiner Finger begleitete, um dann zu seinem bedächtigen Gesicht zu schwenken, so nahe an seiner Haut, dass du einen Tropfen Schweiß auf seiner Stirn erblicktest, hat dich ein Gefühl von Freude und Trauer zugleich überwältigt. Du hattest gerade an einem zweifarbigen Zopfpulli für einen der erwachsenen Zwillinge gestrickt, hattest beide Fäden durcheinandergebracht und versucht, den einen auf dem linken Zeigefinger aufzurollen. Johann hatte den Blick abgewandt, um deine zitternden Hände nicht zu sehen. Es war jetzt lange her, dass ihr Henri die gestohlenen Bücher geschickt hattet, er hatte sich darauf nicht gemeldet. Ohne eine Karte, ohne ein Wort, jedoch regelmäßig sendet er dir seine letzten Konzertaufnahmen.

Vergeblich habt ihr versucht, Soon wiederzufinden. Keiner von euch konnte sich an seinen Nachnamen erinnern. Als wäre er durch die zwei Ringe in seinem Vornamen auf- und wieder weggetaucht.

Nach dem Konzert von Henri im Fernsehen kramst du abermals den Brief von Soon hervor, den er dir kurz nach eurer letzten Begegnung geschickt hat und in dem er dir diesen Traum erzählte:

Vor mir, um mich reckten sich grüne Baumzweige, die sich im Wind wiegten und deren Komposition sich immer wieder verwandelte. Mal waren es echte Baumwipfel, mal war es eher ein riesiges Spinnengewebe, das sich mit den Wolken vermischte, mal hatte ich das Gefühl, vor dem gewaltigen Werk eines Aquarellisten zu stehen. Ich kam diesem grün-grauen Netz näher und sah oder las (ja, Louise, ich las diese Landschaft) mehrere Gestalten, die da wie im Nest hockten, hingen, sich wiegten oder sich sogar von einem Ast zum nächsten schwangen. Und ich habe euch alle erkannt, dich, Francine, Johann, Henri und weitere Menschen, die in Les Deux Pianos verkehrt hatten und die längst aus unserem Leben verschwunden waren, Claudie, Ahmed, Jean-Paul, der Koreaner waren auch dabei. Mich verlangte nach Wasser, ich starb vor Durst, wollte diesen

Durst zu euch hinaufschreien, als es zu regnen begann. Der Regen, den wir zuerst alle jubelnd empfingen, wurde immer heftiger, meine Sicht war getrübt, ihr seid hinter diesem Regenvorhang entschwunden, ich wurde unsicher, woher das Wasser strömte, vom Himmel oder von mir selbst, von meinem Weinen und Schluchzen, denn, liebe Louise, ich weinte und schluchzte und fühlte, wie dieser Regen in einen heftigen Sturm überging, sich zu einem Wirbelsturm erhob, sich zu einer Sintflut steigerte, und wusste, dass mein Leben, unser Leben, so kurz das Leben, zu Ende war.

Danksagung

Ich danke von ganzem Herzen Hans-Joachim Schenk und Klaus Mackowiak für ihre wertvollen Korrekturen, Markus Orths für seine stetigen Ermutigungen, und nicht zuletzt Martin Kordić für seinen Enthusiasmus.